AIREN

STROBO

Roman

Ullstein

Besuchen Sie uns im Internet:
www.ullstein-taschenbuch.de

Das Zitat »Noch einmal vorm Vergängnis blühn« auf S. 55 stammt aus dem Gedicht »O, Nacht« von Gottfried Benn (Klett-Cotta, Stuttgart).

MIX
Papier aus verantwortungsvollen Quellen
FSC® C083411

Lizenzausgabe im Ullstein Taschenbuch
1. Auflage Oktober 2010
5. Auflage 2014

Umschlaggestaltung: Sabine Wimmer, Berlin
Titelabbildung: © Harrison Eastwood/getty images
Satz: LVD GmbH, Berlin
Gesetzt aus der Candida
Papier: Pamo Super von Arctic Paper Mochenwangen GmbH
Druck und Bindearbeiten: CPI books GmbH, Leck
Printed in Germany
ISBN 978-3-548-28288-6

Marihuana

Ich habe mindestens zwei Kilo Gras geraucht, Dutzende Bongs zerbrochen, unzählige Joints gebaut, stundenlang gekotzt, nächtelang geschwiegen. Ich kiffe seit Ewigkeiten. Mit vierzehn die erste Bong mit einem Freund im Proberaum, mit sechzehn das erste Mal was gemerkt, in Freiburg, auf einem Gitarrenworkshop abends im Jazzhouse. Es flashte mich so dermaßen, meine Wahrnehmung wie ein Stroboskop, ich weiß noch, wie ich dasaß und mich fragte, ob das wirklich was für mich sei, diese Wirkung, die so viel anders war, als ich sie mir in der Zeit davor so häufig und bunt ausgemalt hatte. Ich meine, ich war richtig dicht, eine fette Glasplatte zwischen mir und dem Rest der Welt. Dann der erste Lachflash meines Lebens, als wir auf dem Heimweg vor dem Intercity-Hotel den zerbatzten Kuchen fanden, den wir am Nachmittag aus dem zwölften Stock geworfen hatten. Ich war begeistert, ab da hatte ich meine Welt gefunden. Ich rauchte meist alleine, zu Hause, nur pur, nie mit Tabak. Ich trank auch keinen Alkohol, meine Freunde und ich waren stolz darauf, in der Kneipe nur Spezi zu trinken und doch weggespaceter zu sein als alle anderen. Fast jeden Abend legte ich mich in mein Bett, rauchte mit meiner gut versteckten Pfeife etwas Haschisch und erlebte jedes Mal krasseste Flashs. In der Regel las ich, und egal, was es war – Der Spiegel, Naked Lunch, irgendwelche astronomischen Bücher –, alles schickte mich auf eine intensive Reise, ließ mich alles Beschriebene wirklich erleben.

In der zwölften, dreizehnten Klasse war Kiffen ein fast religiöser Bestandteil unseres Lebens. Am Wochenende fuhren wir mit dem Auto und Klassik im Radio an ausgefallene Plätze, in die Berge, in den Wald, Hauptsache abseits und flashig. Wir spielten absurde, selbst ausgedachte Kartenspiele, die alle darauf hinausliefen, dass der Verlierer unter vorher festgelegten Bedingungen einen *Actiontopf* ziehen musste. Das hieß mal, dass man, um den Topf zu rauchen, bei Eiseskälte den Berg hoch und auf einen Jägerstand musste; ein anderes Mal, dies in einer Streusandbox oder mit einem unbekannten Hiphopper auf der Party nebenan zu tun. Wir hatten die krassesten Gedanken, kiffen macht ja nicht dumm, egal, wie viel man geraucht hat, man versteht jederzeit, was los ist und wo man ist, man kann geradeaus laufen und verliert nicht die Kontrolle; die Gedanken aber sind voll bunter, verspulter Assoziationen.

Es war die Zeit absurder Gespräche, intensiver Musikerlebnisse, auf Haschkeksen per Anhalter durch Frankreich, Wichs-Sessions unerreichter Geilheit. Nach dem Abi nahm es langsam krankhafte Ausmaße an. Zunächst unmerklich hatte ich mich daran gewöhnt, jeden Tag zu rauchen, immer noch nur pur und nur mit der Bong. Ich empfand dies als Ausdruck meines Lebensstils. In der bayrischen Stadt kannte ich bald alle Kiffer, es war eine Gesellschaft für sich, voll von netten Leuten, die nicht nur dies eine gemein hatten. Noch heute fällt es mir immer leicht, mit solchen Leuten umzugehen, man findet sofort einen Draht, wenn man weiß, der andere kifft auch. Aber in dieser Zeit gab es auch den einen oder anderen Abend, an dem es nichts zum Rauchen gab und ich verdammt unleidlich und geil auf Dope wurde. Geiler als die anderen. Ich weiß nicht, woher meine extreme Affinität zu Cannabis kommt, wahrscheinlich liegt es daran, dass ich seit je hyperaktiv bin und übelst unter Strom stehe und es deswegen umso mehr genieße, mal einen Gang zurückzuschalten. Es kam der Zivildienst, dank zusätzlichem Nebenjob immer Geld, immer Hasch, Techno-Partys, auch andere Drogen, aber nie im Übermaß.

Schließlich Studium. Mittlerweile fast drei Jahre durchgeraucht. Berlin, der absolute Abfuck, fast zwei Jahre, an die ich nur eine Erinnerung habe: mein Zimmer in Prenzlauer Berg, am Boden eine Decke, in der Mitte ein Eimer, den ich zu einem Rauchgerät umgebaut habe. Jeden Abend eine Flasche Wein, jeden Tag zwölf Töpfe Gras, sonst kann ich nicht schlafen. Ich vermeide es, in die Uni oder in die Stadt zu gehen, wann immer es geht. Meine Befürchtung, all meine Freude und meinen Witz in Berlin zugunsten von Zynismus und Hoffnungslosigkeit aufzugeben, bewahrheitet sich. Die einzigen Gelegenheiten, bei denen ich aufblühe, sind die diversen Techno-Partys, die ich hier im Techno-Mekka Berlin erlebe. Ansonsten macht mich das Kiffen asozial, ich kann nicht mehr mit Leuten reden und ihnen dabei ins Gesicht sehen, mein einst unbeugbares Selbstbewusstsein, meine Frechheit sind dahin. Ich erkenne meine Sucht als solche an, wie könnte ich auch anders, ohne zwei, drei fette Töpfe am

Morgen bin ich so aufgeregt, dass mein Kiefer zittert, ich sehe Punkte durch den Raum fliegen, komme manchmal überhaupt nicht klar. Ich bin total ans Kiffen gewöhnt, gehe joggen, wenn ich so dicht bin, dass ich früher einen halben Tag nicht hätte aufstehen können. Ich wohne in der Schönhauser Allee, zusammen mit einem Freund, der mindestens genauso süchtig ist wie ich und darauf genauso abkackt. Ich meine, es gibt Leute, die jeden Morgen einen Joint rauchen und trotzdem klarkommen und nicht anfangen zu schwitzen, wenn mal nichts da ist. Bei uns ist das anders. Und da immer jemand etwas dahat, hört auch niemand auf.

Am Tag

Das erste Mal wache ich morgens um zehn auf. Uuäähh! Schon wieder so hell. Die nervige Erinnerung an die Management-Vorlesung ist auf das kleinste spürbare Maß zurückgedimmt. Leise öffne ich die Tür zu Tommys Zimmer. Der pennt auch noch. Er schwitzt, das Gesicht in der Sonne, aus den Boxen kommt leise, aber hektische Musik. Irgendwas aus dem Stammheim. Ich setze mich vor sein Bett und nehm mir die fette Glasbong. Die steht immer vor seinem Bett, dort raucht er frühmorgens seinen letzten Topf, nach Stunden vor dem Computer, als »braindamage« bei Quake III Tournament. Ich mach mir ne gute Grasmische, nehm eine Hälfte Tabak und ein kleines, glitzerndes Blütchen, wie mit Zuckerkristallen bestreut, und blinzle durch die Jalousien. DJ Rush. Hammer, dass Tommy bei der Mucke schlafen kann.

Ich setze die Bong an den Mund, atme noch mal tief aus und ziehe dann langsam an. Es blubbert, weiße Rauchfäden schlängeln sich den Glashals empor, ich öffne das Kickloch und ziehe den ganzen Rauch mit einem Mal in die Lunge.

Danach legt's mich erst mal auf den Dielenboden. Die Straßenbahn fährt an. Vögel zwitschern,

Autos rauschen vorbei, zwei Mädchen gackern. Das Leben findet statt. Ich spür's ganz deutlich ... das frische alkoholische Prickeln unter der Haut, Frühling, Schwimmbad, Mädchen. Zauber, Jugend, ... *die Anderen,* ... ganz klar fühl ich's, ich bin ja stoned deluxe. Schließlich raff ich mich auf – sogar die Musik sagt »*Go!*« – und leg mich noch mal zu mir rüber. Auch mein Fenster ist offen, aber ich hab Ohrstöpsel. Der Flash kommt und zieht mich für Stunden in diesen Zwischenzustand, schlafend, fühlend, denkend, vergessend.

Come down

So um drei aufgestanden, aber kein Stress, erst mal ne Guten-Morgen-Tüte und ein paar Folgen *South Park* mit Tommy. Kurz rumgecheckt, dann afrikanischen Verchecker kontaktet. Ticker meint, es dauere noch ne Stunde. Also spontan zum Kottbusser Tor, Valiums aufstellen. Erst mal die Lage gecheckt. Manchmal peilt mans nicht, dass auf einmal alle gebustet werden, weil die Zivis echt zivi ausschauen und kein Trallala abziehen. Also Lage checken, dann im Gang auf sonen halbfertigen Typen zu und nach *Stadas* gefragt, ging ohne Stress, acht für vier Euro. Dann in den Spätkauf, Starkbier und Schlagsahne mit Lachgas als Treibmittel; ich verbrauch ein Kondom und flash mich weg und frag mich, was morgen für ein Tag werden soll.

Der Koffer

Ich hatte einen Koffer. In ihm hatte ich, seit ich zwölf war, alle möglichen geheimen Sachen aufbewahrt, tagebuchartige Berichte, Fotos, Notizen. Ein Koffer voller Erinnerungen. Da ich gerade bei meinen Eltern bin, wollte ich mal wieder hineinschauen und musste feststellen, dass der Koffer weg ist. Das »Gerümpel« hatte mein Vater beim Umzug weggeschmissen, obwohl ich sie extra gebeten hatte, den Koffer aufzuheben. Ich flippe aus. Mein Vater meint, ich solle mich nicht so aufregen. Mich selber nicht so wichtig nehmen. Hat den Nerv, mir zu sagen, mein Problem wäre, dass ich mich nicht anpassen würde. Ich hätte einen Sprung in der Schüssel. Ich gehe in mein Zimmer, schmeiße die Tür hinter mir zu, bebe vor Wut. Da fällt mein Blick auf die Schere. Es fehlt nur ein Gedanke und kleine Tropfen zieren wie an einer Perlenkette meinen Unterarm. Ich habe seit einer Woche weder gekifft noch geraucht, noch Alkohol getrunken, und mein vorherrschender Gedanke war, wie ich dies auch nächste Woche fortführen könnte, in alter Umgebung. Jetzt habe ich nur noch Bock auf eines: mich aufs Härteste wegzuschießen.

Schräg

Zu viel und zu wenig zu rauchen bringt mich auf einen depressiven Film. Nietzsche zu lesen gibt mir eine Ahnung davon, dass es um etwas geht. Der Frühling und die letzten Ausbruchsversuche meiner sich zum Ende neigenden Jugend lassen mich um des flüchtigen Genusses willen auf alles scheißen. Resultat: Mittelmaß. Die Sehnsucht nach Tiefgang verhindert den Rock 'n' Roll und umgekehrt. Heutige Stimmung: drauf scheißen. Also kiffen, saufen, ficken. Hauptsache, sie lädt mich auf etwas Weed ein und mir kommen dabei nicht zu viele Gewissensbisse. In einer knappen Stunde geht der Zug nach Berlin, wir treffen uns beim Verchecker, ich bin eigentlich viel zu müde.

Filth

Berlin, Kottbusser Tor, nachts um elf, 3,50 Euro auf Tasche und noch zwei Stunden, bis Mademoiselle aus Bayern zurückkommt. Schräger Film, schwitze, kriege heut kein Gras mehr, also hierher zu den Assis und Valium klarmachen. Wirklich die kaputtesten Gestalten. Drängen sich zwischen den dreckigen gelben Fliesen unter Tage und dealen mit Fahrscheinen, die meisten noch mit mehr. Gehe zu einem in meinem Alter, der noch halbwegs zu funktionieren scheint, und quatsche ihn an. Schon werden die anderen auf mich aufmerksam, scharen sich um mich und fragen, was ich bräuchte. Ein kleiner zahnloser Opa mit gelbem Basecap bietet mir Hasch an. Ich gehe ein paar Meter mit ihm mit, wir steigen die ersten Stufen zum Ausgang hinauf, dann haut er den Kanten mitten auf die Treppe – Passanten weichen aus – zückt einen beeindruckenden Dolch und säbelt mir ein Stück ab. Ich lade den jungen Typen von vorhin zum Tütchen rauchen ein.

Wir pflanzen uns in eine Bushaltestelle, ich baue, und in dieser Position erkenne ich ihn. Ich weiß nicht wo und wann, aber wir haben uns schon mal auf einer Party gesehen und zusammen eine Tüte geraucht. Wir besuchen die gleichen Clubs, wie sich rausstellt, und Michael kommt aus Göttingen. Ich frag ihn, was er hier bei den Assis mache. Er labert was von wegen er habe sein Portemonnaie verloren, hätte das gar nicht nötig und arbeite ansonsten ehrenamtlich. Ich beschließe, ihn wieder loszuwerden. Auf zu Mademoiselle.

Kurz nach Mitternacht, ich bin etwas früher da als sie und warte vor der Haustür. Es ist eine ruhige Nebenstraße des Simon-Dach-Kiezes, und ich lehne mich an ein Metallgitter. Zigarette käme cool. Überlege, welche Haltung ich jetzt einnehmen soll. Nehme mir vor, es so harmonisch wie möglich ablaufen zu lassen, alle Liebe in mich aufzusaugen, vielleicht gar kein Sex, lieb zu sein. Ich habe einen Schweinehunger. Nach etwa fünf Minuten kommt sie, Bussi, im Treppenhaus erzählt sie überschwänglich von den tollen Mitfahrern bei der Mitfahrgelegenheit. Ich freue mich zuerst immer und merke dann ganz schnell, dass ich ihre Art absolut nicht packe. Mademoiselle kann ich nur in homöopathischen Dosen genießen.

In der Wohnung setz ich mich neben sie auf die Matratze am Boden und schalte mein Notebook ein. Sie labert weiter von den Mitfahrern, das fährt mir auf einmal nur unglaublich dumm und exaltiert ein. Ich versuche ihr ein paar Sachen aus dem Nietzschebuch vorzulesen, hebe immer wieder zu den allergeilsten Sätzen an, aber es kommt überhaupt nicht durch. Blablabla. Wir gehen ins Bad, machen drei Teelichter an und haun uns in die Wanne. Wir kuscheln ein bisschen, und in diesem Moment sieht sie wirklich schön aus. Ich nehme ihr Gesicht in die Hände und küsse sie, wunderschön, fast etwas Gefühl, doch als sich unsere Münder trennen und ich ihr in die Augen sehe, weiß ich, dass es schon wieder der absolute Scheiß war. Mich so gehenzulassen. Lasse meine Blicke lügen. Sie will ficken, aber in der Wanne ist es der absolute Krampf, also gehen wir auf die Matratze. Ich will ja auch. Kein Bock auf Details jetzt, ist auch absolut nebensächlich. Dann liegt sie neben mir und erzählt zufrieden schon wieder irgendwelchen Schmarrn »... verstehst du, was ich mein?!«, wobei sie bei dem zweiten ›e‹ von ›verstehst‹ die Stimme hochzieht und dann umschlagen lässt. Ich starre an die Decke, bin hellwach. Auf einmal sagt sie trocken in den Raum hinein: »Ich kenn dich überhaupt nicht.« Ich antworte genauso trocken zustimmend »Aha.« Ich könnte heulen. Sie legt ihren Arm um mich und beginnt nach ein paar Minuten zu schnarchen. Ich weine jetzt wirklich und kann noch lange nicht einschlafen. Es ist eine Liebessimulation, das ganze Spiel mit allem, was dazugehört, was wir beide zwar lange vermisst haben, aber der Grund dazu fehlt.

Es ist einfach nur falsch, ich spüre zwar schon etwas, aber es ist nicht genug, um das alles zu rechtfertigen. Vor allem nicht sie. Ich fühle mich einfach nur schmutzig und zahle mal wieder den Preis für meine Prinzipienlosigkeit.

Nach einer sehr kurzen Nacht wache ich auf, wir ficken noch mal, ich überspiele alles mit dummen Sprüchen: »Dann mal rein in die gute Stube.« Es ist hell, und ich muss echt sagen, dass sie nicht gut aussieht. Ich kann nicht mehr lieb tun und sage lieber gar nichts als irgendeinen Scheiß. Hau irgendwann ab und verabschiede mich trocken, ich kann nicht anders. In der U-Bahn mir gegenüber genau so ein Wichser wie ich, mit einer Tussi neben sich, die ihn anhimmelt, mit Scherzen um sein Lächeln buhlt. Als sie ihm einen Kuss geben will, dreht er sich weg und schaut kurz zu mir rüber. Alles klar.

Tag 1

Um zehn unruhig aufgewacht und gewusst: Heute ist Schluss. Schluss mit dem Drecksdope, Schluss mit den zerfaserten Tagesabläufen, mit der Dumpfheit, die all das erträglich macht, was unerträglich sein soll. Also Aktion, einkaufen, abwaschen.

13:30 Uhr: Tommy steht auf und kommt mit ner Tüte rein. Ich sag ihm, dass ich nicht mitrauche. Deswegen kommt er auch ne Stunde später mit der nächsten Tüte an. Was soll das? Langsam beginne ich zu schwitzen und gehe noch mal raus. Fotzen alles. Kann sie förmlich tuscheln hören: »Schau mal, da kommt wieder die komische Schwuchtel angehinkt!« Ihr Scheiß ... Tiere ist noch zu gut. Jaja, ist ja gut, die ersten ein, zwei Tage sind echt kein Spaß, und ich kann meine Gedanken im Moment nicht einmal selber ernst nehmen. Tommy fährt gegen Abend zu seinen Eltern, nicht ohne noch mal schön Duft in der Wohnung zu verbreiten. Liam kommt und schnorrt Kippen. Labert das gleiche wie jedes Mal: »You know, I gotta do Business Info and my electives in the summer term and, you know, Professor Braun is a fuckin bitch cause he's given me a fuckin five in the last exam again and ...« Frag mich echt, ob er nicht checkt, dass ich mittlerweile seinen ganzen Stundenplan für das nächste Semester im Kopf haben muss.

20 Uhr: Nachdem ich den ganzen Tag nichts Sinnvolles gemacht habe, beschließe ich mal, ein bisschen vor mich hin zu starren und das Ganze wirken zu lassen. Flashe mich in den ganzen Wahnsinn rein, der aus keiner Perspektive Sinn macht. Keine endgültigen Entscheidungen in diesem Zustand.

Tag 2

Nach sechs Stunden traumlosen Schlafs springe ich aus dem Bett und rauche eine Zigarette auf ex. Dann ins Bad kotzen. – Nein, geht nicht. Also duschen. Komme raus und schwitze wie ein Affe, obwohl mir saukalt ist. Nach einigem Experimentieren finde ich heraus, dass es noch am erträglichsten ist, wenn ich mich nackt auf die Kloschüssel setze und dabei den Fön laufen lasse.

Bis 16 Uhr bleibe ich im Bad und lese zwei ›Lustige Taschenbücher‹ und den ›Stern‹. Wurschtblatt. Dann Einkaufen in den Arkaden. Mann, was für Aggressionen. Muss mich an der Kasse ernsthaft beherrschen, der trägen Schlampe vor mir nicht auf der Stelle die Augen auszukratzen. Bitch.

Die letzten beiden Tage 12,50 Euro ausgegeben. Das ist zu viel, jetzt bleiben noch insgesamt 4,50 Euro bis nächsten Donnerstag. Ich habe zwar noch 60 Euro im Portemonnaie, hätte die aber schon längst an die Landesjustizkasse Bamberg überweisen müssen, wie jeden Monat. Vielleicht sollte ich mich wirklich einknasten lassen, wären noch zwei Wochen sogenannte ›Erzwingungshaft‹, bis mir meine Restschuld erlassen würde. Im April habe ich eh nix zu tun. Verschiebe die Entscheidung aufs Wochenende, wie gesagt: keine langfristigen Entscheidungen in diesem Zustand. Sonst nichts gemacht. Lernen geht nicht. Das war einfach nur Tag zwei, ein Tag, den ich dem Aufhören geopfert habe.

Tag 3

Nicht viel anders als die letzten beiden. Morgens hellwach, Zähneklappern, Schwitzen, null Appetit. Versucht etwas zu lernen, aber es geht absolut nix rein. Dann mal wieder richtig Gitarre gespielt, circa zwei Stunden am Stück Arpeggien geübt. Gedancet und gleich noch mal geduscht. Lautstark und gehässig das Fernsehprogramm kommentiert. Bis eben auf dem Klo gesessen und die ›New York‹-Trilogie von Paul Auster gelesen. Überrascht, dass es schon so spät ist, ich bin nämlich noch *hellwach*!!! Morgen die große Prüfung: Werde ich es schaffen, abstinent zu bleiben, wenn mein Mitbewohner alle halbe Stunde mit einem Joint ankommt?

Schrei

Nachdem ich jetzt vier Tage ohne Cannabis und Alkohol gelebt habe, habe ich heute auch das Rauchen aufgegeben. Ich tue dies nicht aus Vernunft (Was ist schon vernünftig, wenn man keine Ziele hat?), sondern aus reinem Masochismus. Ich stehe auf das Feeling, wenn es mich mehr und mehr aus der Welt hebt, meine Augen immer weiter aufgerissen, irre sarkastische Sprüche auf den Lippen, die niemand hört und auch besser niemand hören sollte. Jeder verantwortungsvolle Psychiater würde mich jetzt einweisen und sogar für euch reiße ich mich zusammen. Ich stehe am Scheideweg. Und ich weiß, dass ich den Weg, für den ich mich jetzt entscheide, nicht so schnell verlassen können werde.

Man muss schon wirklich weich sein, um aus den Ratschlägen eines Psychologen Hilfe beziehen zu können. Freunde von mir studieren Psychologie, und alles, was ich von ihnen gelernt habe, ist, dass Psychologen gar nichts wissen, dass es die spekulativste aller Wissenschaften ist und wahrscheinlich auch die schwierigste. Den meisten Leuten kann mit dem Hinweis geholfen werden, sich gefälligst mal zusammenzureißen und umzusetzen, was sie schon längst wissen, anstatt weiter an sich rumzuschnippeln, sich vollzufressen oder abzuschießen. Keiner wartet auf euch, keiner wartet auf irgendwen, und wenn du stirbst, ohne bekommen zu haben, was du wolltest, hättest du es dir verdammt noch mal besser geholt, als noch Zeit dazu war. Viel zu lange habe ich die Kluft zwischen mir und meiner Umwelt durch Dienstbarkeit, Entgegenkommen und Selbstironie zu kitten versucht. Doch ich glaube, dieser Unterschied ist ein Qualitätsunterschied, und zwar zu meinen Gunsten. Niveau sieht nur von unten aus wie Arroganz.

Jailhouse Rock

Gut, ich gehe ins Gefängnis. Vor knapp drei Jahren wurde ich von der Münchner Polizei in meinem Fahrzeug kontrolliert. Ich war bekifft, ständig damals. Um mir strafbares Verhalten nachzuweisen, mussten die Bullen meine Fahruntüchtigkeit belegen. Dazu ließen sie nichts unversucht, drehten mich im Kreis, ließen mich mit geschlossenen Augen meine Finger zusammenführen und ähnliche Scherze. Zu ihrem Unmut führte ich all das perfekt aus. Als sie mich baten, eine halbe Minute abzuschätzen, sagte ich nach achtundzwanzig Sekunden »Stop!«. Dies hielt die Schlümpfe jedoch nicht davon ab, vor Gericht das genaue Gegenteil zu erzählen, und so wurde ich unter anderem zu einer Geldstrafe von 1850 Euro verurteilt.

Es wurde eine Ratenzahlung von 60 Euro im Monat bewilligt. Jeden Monat schmerzte es mich, dieses Geld, das ich eigentlich nicht hatte, an die Landesjustizkasse zu überweisen. Nach reichlicher Überlegung entschloss ich mich heute, anstatt Geld zu bezahlen, Kosten zu verursachen und meine Reststrafe abzusitzen. In einem Gespräch mit der zuständigen Sachbearbeiterin vereinbarte ich den Einzug am 1. April, die Dame war da sehr flexibel.

Da ich mein Geld jetzt ausgeben kann, gehe ich in die Mensa und bestelle aus Prinzip das teuerste Essen. Setze mich an einen Tisch. All die Blicke … die ganze Mensa stürzt auf mich ein. Wohl noch etwas zu früh, um sich in die Öffentlichkeit zu trauen. Nachdem die dritte Gabel ohne Salat an meinem Mund angekommen ist, sehe ich ein, dass es keinen Sinn macht, und hau ab. Hör noch ne Tussi flüstern: »… spinnt total …«, und denke: »Untertreib nicht, Baby!« Alles in allem aber kehrt langsam Ruhe in meinem Kopf ein.

Dirty Old Town

Zurück von einem weiteren Nachtspaziergang, auf der Flucht vor den Ausdünstungen meines Mitbewohners, die unweigerlich meine Suchtbahnen aktivieren. Und es hat sich gelohnt: Während ich wieder einmal mit grimmiger Miene darüber nachdenke, wie man wohl am besten die 99,99 dümmsten Prozent der Menschheit auslöscht, ohne dabei die 0,01 Prozent Elite zu beschädigen, geht mir auf einmal das Herz auf. Aus einer Kneipe, an der ich achtlos vorbeigegangen war, dringt irische Folkmusik, eine Liveband mit Gitarre, Waschbrett, Querflöte und Dudelsack spielt wunderbar authentische Musik. Ich stelle mich unter ein Fenster, stehe direkt an der Spree, und es erklingt passenderweise »Dirty Old Town«. Für zwei Stücke werde ich wie auf einen Trip geschickt, und erst, als sich ein Pärchen nähert, werde ich mir meines fast idiotisch verklärten Blickes bewusst. Nicht genug, die beiden sprechen mich auch noch an, ganz nette natürliche Leute, die ich zehn Minuten früher ohne Wimperzucken mit auf die Liste gesetzt hätte. Für heute schließe ich Frieden mit der Welt.

11 Tage Knast

Morgens das Examen, etwa zwölf Leute sitzen im Raum, ich verlasse nach einer guten Stunde als Erster verzweifelt den Prüfungsraum, die Chance, bestanden zu haben, besteht praktisch nicht. Frustriert beschließe ich diesen Tag, der schon so beschissen angefangen hat, auch gleich zählen zu lassen und zwei Tage eher in den Knast zu gehen. Ich packe eilig meine Sachen (zwei Hosen, vier T-Shirts, Unterwäsche, Rasierapparat, Chinesischbuch) und gehe zum Friseur, um meinen Haarschnitt einigermaßen zu normalisieren. Ich habe es eilig, das Gefängnis schließt um 15 Uhr seine Pforten. Mit der Straßenbahn fahre ich eine Viertelstunde an den Rand eines Neubauviertels. Hier in der Nähe habe ich vor zwei Jahren mal gewohnt.

Um 14 Uhr komme ich an der Pforte an, gebe meinen Ausweis ab und werde in einen Warteraum geschickt. Dort sitzt schon ein Mann Mitte vierzig, der gut zehn Jahre älter aussieht, vom Alkohol und Nikotin schwer gezeichnet. Er hat kurze blonde Haare, ein rotes, faltiges, aber markantes Gesicht, wie so ein alter Landser. Sein linkes Auge hängt in Karl-Dall-Manier auf halber Höhe, was einen ziemlich dümmlichen Gesamteindruck unterstreicht. Er hat einen dicken Bierbauch, über den sich zwei FC-Bayern-Hosenträger spannen. Neben ihm steht ein halbmeterhoher Stapel aus Rohtabak und Zigarettenhülsen. Wir kommen gleich ins Gespräch, sein Name ist Markus, und er ist nach eigener Auskunft »breit wie eine Natter«. Ich frage ihn, warum er hier sei. »Wejen ne lumpige Backpfeife!« – »Wem haste denn eine reingehauen?« – »Nem Kanaken. Aber da sieht mans ja mal wieder: Die sind hier mehr wert als wir.« – »Und wie viel haste dafür bekommen?« – »Vier Monate, aber die sitz ick uff eena Arschbacke ab.« Als er mir erklärt, der »Kanake« sei ein siebenundzwanzigjähriger Türke gewesen, werde ich schon stutzig, da die Sache dann wohl anders ausgegangen wäre als mit einer Anzeige. Fast eine Stunde sitzen wir da drin. Ich frage ihn, ob er eine Frau habe.

»Nee, die hat mich vor nem halben Jahr verlassen. Nach achtzehn Jahren Ehe. Wejen ne lumpige Backfeife.« Aaalles klar, denk ich mir.

Endlich werden wir abgeholt. Zwei Beamte führen uns durch eine Schleuse wie am Flughafen, durchröntgen unsere Tüten, tasten uns kurz ab und führen uns über einen Hof in den eigentlichen Gefängnistrakt. Am Boden liegen Dutzende Brotscheiben, das Innere von Vögeln ausgepickt. Ängstlich fragt Markus: »Aber ihr sperrt mich doch nicht mit nem Kanaken zusammen?« Die Beamten beruhigen ihn, mit einem Kanaken zusammengesperrt würde man nur auf ausdrücklichen Wunsch. Gleich am Eingang sitzt ein Beamter hinter Sicherheitsglas, bei ihm müssen mehrere Formulare ausgefüllt werden. Dann werden wir in den zweiten Stock geführt und mehrere Gitter, Schlösser und Türen später bei einer Aufnahmestelle abgegeben. Einzeln werden von uns Fotos gemacht und unser Gepäck genau untersucht. Mein Rasierapparat, Geldbeutel und 28 Euro werden in einen Lederbeutel gesteckt und verplombt. Der Wärter holt uns wieder ab und bietet uns an, noch mal zu duschen, die letzte Chance bis nächsten Montag. Markus lehnt ab und wird in seine Zelle geführt, und ich bete, dass es nicht dieselbe ist wie meine. Wieder angezogen klopfe ich von innen an die Stahltür, kurz darauf öffnet der Wächter die Tür und führt mich zu einer Vorratskammer. Dort werden mir ausgehändigt: 1 Matratze, 2 braune Decken, 1 Bettbezug, Messer, Gabel, großer und kleiner Löffel, Schneidebrettchen aus Holz, Teller, Tasse mit Untertasse, Plastikbecher und zwei Tupperdosen. Damit bepackt gehts schließlich zu meiner Zelle. Am Ende eines langen Ganges wird auf der rechten Seite die zweite Stahltür von hinten aufgeschlossen.

Es öffnet sich eine Art Jugendherbergszimmer, neben der Tür ein kleines Bad mit Waschbecken und WC, ein Doppelbett, ein normales Bett, ein ziemlich großes Fenster an der Wand, gesichert von einem türkis bestrichenen Gitter. Davor sitzt ein Typ an einem Tisch und liest, circa dreißig Jahre, Vollbart, verwahrlost, er stellt sich als Uwe vor und entblößt dabei ein Gebiss des Grauens. Tatbestand: Unterschlagung und Überweisungsbetrug, auf Deutsch: Bei Katalogen bestellt und nicht bezahlt, sitzt eine dreißigtägige Ersatzfreiheitsstrafe ab, hofft aber, am Dienstag von seiner Freundin freigekauft zu werden. Auf dem Fensterbrett Fotos seiner beiden Kinder. Auf dem Einzelbett sitzt René, Mitte zwanzig, fast Glatze, Sommersprossen, ein verschnörkeltes ›R‹ ins Genick tätowiert. Sitzt auch wegen einer Reihe kleinerer Delikte und das nicht zum ersten Mal.

Ich mache mein Bett, setze mich an den Tisch und denke laut: »So, jetzt bin ich im Knast.«

Beide lesen die meiste Zeit, René erfindet immer wieder mal ein paar Geschichten. Dabei wird Kette geraucht. René steht auf, streckt sich kurz, macht sich einen Kaffee und stöhnt: »Wuah, na, hilft allet nüscht, lesen bis Fressen gibt.« Das Essen wird an die Zelle gebracht, beim ersten Geräusch springen beide von ihren Büchern auf und stehen vor der Tür, noch bevor diese geöffnet ist. Es gibt Graubrot, Schwarzbrot, Stückchen Margarine, vier Scheiben Wurst und einen Löffel Senf.

Nach dem Essen holt mich eine Wärterin noch mal in ihr Büro, ich muss noch ein paar Sachen unterschreiben und bekomme Formblätter für Anträge ausgestellt, denn, so erklärt sie mir: »Alles läuft hier über Anträge.« Ich stelle einen Antrag auf Kopfkissen und komme mir beim Schreiben ziemlich blöd vor. Abgegeben werden die Anträge allerdings immer zum Frühstück, weswegen ich das Papier wieder mit in die Zelle nehmen muss. Ich beginne ein zähes, in gestelztem Deutsch verfasstes Buch zu lesen, »König Neuhoff«. Von Zeit zu Zeit ein paar Liegestütze. Um elf gehen wir ins Bett, und ich habe eine grauenhafte Nacht. Beide schnarchen, René redet von Zeit zu Zeit im Schlaf, ein harter Zigarettengeruch im Zimmer.

»Guten Morgen. Nachtruhe beenden. Fertig machen zur Essensausgabe, fertig machen zur Essensausgabe«, tönt es blechern aus der Wechselsprechanlage.

Total gerädert stehe ich auf und wasche mich. Kurz darauf wird die Tür aufgeschlossen, es kommen für jeden ein Doppelbrötchen und ein Stück Margarine. Einmal die Woche gibt es einen Becher Marmelade. 7:30 Uhr bis 8:30 Uhr ist Freistunde, das heißt, alle Gefangenen der Station werden raus in ein Gehege geführt, etwa fünfzehn mal zehn Meter, eingezäunt von einem drei Meter hohen Zaun, Tischtennisplatte, draußen stehen zwei Wärter und passen auf. Alle sind so zwischen zwanzig und vierzig, viele Polen, ein paar Russen, die meisten sehen genau so aus, wie man sich einen Knacki vorstellt: versoffen, schwarze Klamotten, eingeschlagene Nase, tätowiert, unrasiert.

An den ersten ein, zwei Tagen kam mir das alles so absurd vor, dass ich zunächst eine humorvolle Distanz zu dieser Situation einnehmen konnte. Im Laufe der Woche färbte das Klima immer mehr auf mich ab, und das war die eigentlich unangenehme Erfahrung.

Wir sind also in dem Gehege, und da dies die einzige Chance auf Sport an dem ganzen Tag zu sein scheint, ziehe ich meinen Pullover aus und beginne ein paar Runden zu joggen. Anscheinend ist dies das Lustigste, was diese armen Schlucker in ihrem öden Knast seit langem zu sehen bekommen haben, viele kichern verschmitzt, und als ich in den Kniehebelauf verfalle, können sich einige von ihnen vor Lachen nicht mehr halten. Nach der Hälfte der Zeit gehe ich in langsamem Tempo meine Runden. Danach werden wir zurück in unsere Zellen geführt. Ich steige wieder auf mein Bett, werde aber kurz darauf abgeholt. Zum Arzt.

Auf dem Weg frage ich die Wärterin, ob es auch Nichtraucher-Zellen gebe. Sie weicht sofort auf, erzählt, sie sei selber Nichtraucherin und könne sich gar nicht vorstellen, in diesem Gestank zu leben. Sie geht mit mir zur Stationsleiterin und fordert: »Der junge Mann ist Nichtraucher und besteht auf einer Einzelzelle!« Man verspricht, sich darum zu kümmern, auch wenn im Moment keine Einzelzelle frei sei. Ich komme zum Arzt. Alles okay, Blutdruck perfekt, ein Sportantrag dauert zu lange. Zurück in der Zelle unterhalte ich mich mit Uwe: »Ick hab jesoffen, zwee Stunden gepennt, wieder jesoffen ... 1000 Euro vom Arbeitsamt, da hab ick erst ma die Beene lang jemacht.« Er schenkt mir einen Stapel herausgerissener Nacktbilder, die er in seinem Schrank versteckt hielt. René setzt sich dazu. Er erzählt, in der Nachbarzelle sitze einer, der einer Frau den Kopf abgehackt habe. Mit so Tattoos auf der Brust. Es dauert eine Weile, bis ich merke, dass er mich auf den Arm nimmt. Ich frage nach seinem Musikgeschmack, er steht auf alles, »Onkelz, Störkraft, Udo Lindenberg«.

Nach dem Mittagessen bekomme ich durch die Wechselsprechanlage Bescheid, dass nun eine Einzelzelle frei sei und ich meine Sachen packen soll. Nach einer flüchtigen Verabschiedung komme ich hoch in den vierten. Ich betrete meine neue Zelle, rechts ein Schrank, dahinter ein Bettgestell aus Eisen, links eine Kloschüssel und ein kleines Waschbecken, daneben ein kleiner Schreibtisch mit Stuhl. An der Frontseite ein Fenster mit dem türkisen Gitter.

16:30 Uhr. Zum Abendessen kann man sich eine Kanne mit Tee füllen. Etwa um acht möchte ich noch mal nachholen und betätige dafür die Gegensprechanlage, so wie es unten üblich war. »Wat los?« – »Ich wollte noch mal Tee holen.« – »Detwejen gehn se an de Klingel?! Jetzt reicht et!« – Eine Minute später ist der Wärter bei mir: »Nächstes Mal kriegen se gleich eine vorn Kopp, da gehnse wieder zurück in'n Haftraum!« Tee darf ich mir trotzdem holen.

Unter meinem Fenster sind zwei weitere Freigangsgehege. Eine Gruppe von fünf oder sechs Glatzköpfen, zwei, drei unscheinbaren Leuten sowie einem fetten Schwarzen wird hineingelassen. Draußen bleiben zwei Wärter stehen. Die Nazis sammeln sich bei der Tischtennisplatte, der Schwarze setzt sich in einer Ecke auf eine Bank, die Unscheinbaren gehen im Kreis. Als sie auf Höhe des Schwarzen sind, bittet er um eine Zigarette. Sie halten an und suchen in ihren Taschen. Die Nazis fangen an rumzugrölen. »Gebt dem nüscht!« Die Wächter mahnen, dann ist Ruhe. Ich sehe dieser Gruppe die nächsten Tage jeden Abend bei ihrer Freistunde zu, und immer bleiben die Nazis bei der Tischtennisplatte, der Schwarze in der Ecke.

Das Wochenende unterscheidet sich in zwei Punkten von Wochentagen. Zum einen: Es wird erst um 8:30 Uhr geweckt. Zum anderen: Es gibt ein Ei.

Etwas erkältet, wache ich auf. Das Essen der letzten Tage war weitgehend vitaminfrei, also bitte ich bei der Frühstücksausgabe den Wärter: »Ich hätte gern vegetarisches Essen heute Mittag.« – »Wat is??« – »Ich hätte heute mittag gerne vegetarisches Essen.« – »Warum?« – »Ich bin erkältet und brauch Vitamine.« – »Das geht nicht so einfach, das geht nur übern *grummel* – Dienst.« – »Über wen?« – »So, fertig?«. Tür zu. Dieses dumme Schwein. Außerdem steht mir pro Woche ein Becher Marmelade zu. Jetzt schmier ich schon seit drei Tagen diese Margarine auf mein Brötchen. Bei der Ausgabe des Mittagessens spreche ich den Wärter darauf an. Er erklärt mir: »Dafür hamse ja heute'n Ei bekommen.« Antrag auf vegetarisches Essen.

Erste Freistunde mit den Leuten von der neuen Station. Zu meiner Überraschung ist auch Markus, der Backpfeifenmann, hier auf der Einzelstation. Er schaut so was von grau aus, dass ich ihn gar nicht erst fragen muss, warum er umverlegt worden ist. In dieser Station, in der ich bis zum Ende bleiben soll, sind zu Beginn sechs Deutsche, vier Polen, ein Litauer und ein Russlanddeutscher.

Der spricht mich während der Freistunde an. »Na, biste neu hier? Ooch wegen Drogen, wa?!« Sein Name ist Roman, er ist sechsundzwanzig Jahre alt, sehr schlank, hat kurze schwarze Haare und ein Gesicht, das irgendwie an Mickey Mouse erinnert, wäre da nicht die eingeschlagene Nase. Er trägt knielange weiße Cordhosen und eine weiße Racing-Jacke, die ich mit ihm später gegen eine gefakte adidas-Hose tausche. Er hat bereits ein Jahr, sieben Monate wegen fünfzig Gramm Kokain hinter sich. Im Moment sitzt er wegen nicht bezahlter Autoversicherung und Trunkenheit am Steuer eine dreimonatige Ersatzfreiheitsstrafe ab. Sein größter Prozess steht ihm aber noch bevor: »Ick war uff Montage und wir warn mit das Haus schon paar Tage eher fertig. Ick also mit Kumpel rischti druff uff Coca un Teile heemjekommen. Seh ick da son hässlichen kleen' Mickerzwerg uff meene Olle liejen. Ick denk, ick seh nich richtig! Na, hamma den erst ma rischti zusammenjelegt und der Ollen ooch gleech eene jeschallert. Na, dann hab ick'n am Stuhl gefesselt und mit som Ding hier, som Elektroschocker am Knie eene verpasst. Dat hat dem erstma jereicht, da hatta erstma ne Minute nur noch jewackelt. Dann hab ick'n Messer jeholt und ihm vorm Gesicht rumgefuchtelt und jesacht, dass ick ihm jetzt dat Ohr abschneide.

Und er so ›Ohh, bitte mach das nich!‹ oder so wat, und da hab ick zugestochen. Det hättst du ooch jemacht! Naja, dat Ohr hat noch so halb drangehangen, aber in dem Moment kamen die Bullen mit som Rammbock durch die Tür, die waren ja jeden Tach da, weil ick mit die Olle immer jestritten hab.«

Am Nachmittag ist Fernsehen in der ›Teeküche‹. Das ist ein kleiner Raum mit einem Tisch und ein paar Stühlen, einem Fernseher, einem Kicker, zwei Waschbecken und einer Herdplatte. Wochentags kann man hier von 17:30 Uhr bis 21 Uhr fernsehen, am Wochenende von 15 Uhr bis 16:30 Uhr. Einen Tag die Deutschen, einen Tag die Ausländer. Es läuft allen Ernstes *Richterin Barbara Salesch*, dann *Großstadtrevier*, dann *Privatdetektei Lenßen und Partner*. Da sind die Leute schon im Knast …

In einer Ecke sitzt ein sportlicher, glatzköpfiger Typ, genauso alt wie ich und quatscht mich voll, als hätte er darauf gewartet. Seine Name ist Chris. Er ist die mit Abstand menschlichste Person, die mir in den elf Tagen begegnete. Nach kurzem Vorgeplänkel erzählt er mir seine Lebensgeschichte: Wie er in Berlin aufwächst, mit zwölf erfährt, dass sein Vater eigentlich sein Stiefvater ist. Seine Mutter haut ohne Abschied von zu Hause ab. Sein Vater wird wegen Trunksucht aus der NVA entlassen und spielt von da ab jeden Tag daheim Armee, prügelt ihn grün und blau. Mit vierzehn Jahren traut er sich das erste Mal zurückzuschlagen, erwischt ihn gut und haut ab. An genau diesem Tag läuft ihm zum ersten Mal seit zwei Jahren wieder seine Mutter über den Weg. Die nimmt ihn zu sich und kümmert sich um ihn. Mit sechzehn erfährt er, »wie sie ihr Geld verdient«, darauf kommt er nicht klar und haut wieder ab. Er geht nach Dresden.

Dort fängt er an zu saufen. Er spricht selber von »meiner Alkoholsucht«. Er hat eine Freundin, die er in höchsten Tönen lobt. Seine Vergehen: Diebstahl (Lebensmittel und Alk aus dem Supermarkt geklaut), versuchter (und gescheiterter) Überweisungsbetrug sowie Fahren ohne Führerschein. Eigentlich ist er in Dresden inhaftiert; hier ist er nur, weil er ein Verfahren hatte. Insgesamt muss er ein Jahr und sechs Monate hinter Gitter, drei Monate hat er schon hinter sich, und ich habe die ganze Zeit über niemanden getroffen, der mehr darunter zu leiden hat.

Ganz im Gegenteil. Die meisten sagen »Das sitz ich auf einer Arschbacke ab«, »Die sechs Monate ...«, »Die Zeit vergeht hier ganz schnell, ruck, zuck geht das.« Nicht so Chris. Chris leidet jeden Tag wie ein Hund. Wir vereinbaren, uns morgen, wenn die Polen Fernsehen schauen, umschließen zu lassen, das heißt, ich komme für diese Zeit auf seine Zelle.

Abends, es ist schon dunkel, hält ein Auto auf dem Parkplatz vor der Anstalt. Da ich im vierten Stock bin, sehe ich eine Tussi aussteigen, die ruft: »Ich liebe dich!« – Augenblicklich erwacht der Knast zu Leben. »Wen denn?«, Pfiffe, »Ick dich ooch!«

Laster

Am Sonntag werde ich um halb neun aus dem Gefängnis entlassen, und schon diese kurze Zeit hat mein Erscheinungsbild ziemlich beeinträchtigt. Die Haare seit drei Tagen nicht gewaschen (Duschen immer montags und donnerstags), ein wilder Elftagebart, die Haut vom schlechten Essen und mangelnden Sonnenlicht grau und teigig, dazu ein böser, abwehrender Blick, der mir erst zu Hause im Spiegel auffällt. Ich kaufe eine Flasche Wodka, ein Bier, zwei Red Bull, eine Schachtel rote Gauloises und ein Päckchen Longpaper. Zurück in meiner Wohnung checke ich, dass die Zigaretten noch im Geschäft liegen, und hole Liam, den Jamaikaner, hoch zum Chillen. Mein erster Joint und mein erster Alkohol seit einunddreißig Tagen verfehlen ihre Wirkung nicht, und genau weiß ich auch nicht mehr, was die beiden Tage darauf passierte.

Dienstagabend. Es wird schon wieder so ein übler Studentenclubabsturz, das spüre ich bereits, als wir losgehen. Wir sind zu viert, übelst betrunken, und planen, zuerst in eine Bar zu gehen. Zwei Bier und einige Laberflashs später zerre ich Mitbewohner Tommy aus der Bar, weil ich frische Luft brauche. Wir brechen mit ein paar Leuten auf, an die ich keine Erinnerung mehr habe außer der, dass der Karate-Europameister unter ihnen war.

Ich sollte nicht so viel um den heißen Brei rumreden, zwei Stunden später sitze ich nämlich mit einem Typen namens Manuel auf den Stufen neben dem Eingang des Studentenclubs und mache eine Bemerkung über ein paar Mädchen zu unserer Rechten. Er meint, das interessiere ihn nicht, er sei schwul. Und der hübscheste Junge im Club, denke ich.

Wir quatschen ewig, irgendwann stößt ein Freund von ihm dazu, den ich vom Sehen kenne – wir wohnen im selben Haus und grüßen uns sporadisch –, der ebenfalls schwul ist, wie sich herausstellt und von dem ich es nie, aber auch wirklich nie gedacht hätte. Zurück im Club, unterhalte ich mich mit dem aus meinem Haus. Er meint, Manuel sei ziemlich scharf auf mich, oder welche Worte auch immer er gebraucht. Die Musik wird endlich tanzbar, nein, keine unwichtigen Details, letztendlich gehen wir zu viert nach Hause. Der vierte ist ein kleiner Langhaariger, mit dem ich ein paar Schritte vorausgehe. Auch er sagt so was wie: »Manuel würde dich am liebsten …«. »Tcha …«, lache ich. Der kleine trennt sich als Erster von uns. Der andere wohnt wie gesagt in meinem Haus, Manuel in Mitte. Wir betreten das Haus, die beiden gehen nach oben, ich in meine Wohnung. Scheiße, den Abend lass ich so nicht enden, denk ich mir, gehe wieder raus und setze mich auf die Treppen. Irgendwann muss er ja rauskommen. Nach einer halben Minute bekomme ich einen mörderischen Durst und eile in meine Wohnung, um noch schnell was zu trinken. Und vor meiner Tür steht schon Manuel. Wir sagen gar nichts, nehmen uns in den Arm, er küsst mich, ich lasse es geschehen.

Dann schließe ich auf und stürme ohne zu klopfen in Tommys Zimmer. »Hast du was zum Trinken da, Alta?«, wecke ich ihn. Er zeigt stöhnend auf ein Tetrapack Orangensaft. Dann zeigt er auf Manuel und fragt: »Wer issn das?« – »Weiß ich nicht.« Ich ziehe seine letzte Kippe aus der Schachtel und knalle die Tür zu. Wir gehen in mein Zimmer, schließen ab und stürzen uns aufeinander. Mit einem Zug zieht er meinen Gürtel aus der Hose, keine Ahnung, in welchem Film er das gesehen hat. Sein Schwanz ist ziemlich dünn, beinahe drahtig und unrasiert. Zwei Minuspunkte. Egal, er schmeckt männlich, aber nicht herb, in meinem Kopf hämmert es nur »Wie krass!«. Ich suche ewig das Kondom, finde es und genieße den Sex. Kann mal so richtig die Frau rauslassen. Er kommt binnen einer Minute, wir legen uns nebeneinander ins Bett und teilen uns die Zigarette. Immer wieder sucht und findet er meinen Mund, ich genieße es und fühle mich beschwingt und zufrieden. Er muss nach Hause, gibt mir einen langen Abschiedskuss und ist davon.

Ich wache mit einem übelsten Kater auf. Erkläre meinem Mitbewohner, dass gestern noch jemand zum Kiffen da war. Wir schauen ein gutes dutzend Folgen von so komischen japanischen Animees mit Ninjas und Monstern. Mademoiselle ruft an, sie ist zurück von Fuerteventura, hat nächste Woche ein Vorstellungsgespräch in Berlin. Ich hatte mit der Sache eigentlich abgeschlossen, weil ich dachte, dass sie jetzt erst mal ne Weile auf der Insel bleibt; schließlich hatte sie da eine Wohnung gemietet und wollte sich Arbeit suchen. Am Dienstag übernachtet sie dann erst mal bei mir, ihre Wohnung in Berlin hat sie ja nicht mehr, und am nächsten Tag ist ihr Vorstellungsgespräch, mal schauen, wie es läuft, aber wie gesagt, ich hatte damit für mich eigentlich abgeschlossen.

Gegen 10 Uhr – hatte ich es gehofft? – klingelt es. Manuel steht draußen, ich bitte ihn rein, mache uns etwas Tee und schalte Musik an. Wir setzen uns aufs Bett und reden, recht normal und freundlich, auch über gestern. Er macht andauernd kindische Späße, indem er vorgibt, aus meinen Worten Kritik herauszulesen. Das kommt irgendwie ziemlich unreif rüber, er ist auch sonst ganz anders drauf, meint, dass ich gestern im Suff zu oft »Alter« gesagt habe, was einen »primitiven« Eindruck hinterlassen habe; als ich mich für mein unaufgeräumtes Zimmer entschuldige, meint er trocken: »Ich muss ja nicht hier wohnen.« Er nimmt keinerlei Drogen und steht auf Soul und R'n'B. Wenn Schwule spießig sind, dann richtig.

Nachdem er mir sein Gayromeo-Profil gezeigt hat, steht er auf, um sich ein Glas zu holen, kommt zurück und küsst mich direkt auf den Mund, drückt mich aufs Bett. Scheiße. Diesmal gibt es wirklich keine Entschuldigung, es ist das erste Mal, dass ich nicht stockbesoffen oder randvoll auf Ecstasy bin, und ich frage mich, wie es mir gefällt. Es ist auf jeden Fall weniger Gefühl als bei einem Mädchen, aber es ist auch etwas ganz anderes. Eine ganz andere Rolle, ich lasse mich fallen, werfe meinen Kopf in den Nacken und vergrabe meine Finger in seinem Haar. Aber es soll nicht so ausarten wie gestern, stattdessen liegen wir lange da und surfen noch ein bisschen. Irgendwie ist es komisch, ihn zu küssen, aber auch überhaupt nicht eklig, Mann, ich blicke überhaupt nicht durch bei mir. Um zwölf geht er, ich habe mittlerweile irgendwie auch genug. Ich überlege kurz, ihn nach seiner Telefonnummer zu fragen. Aber ich weiß, dass ich ihn nie wiedersehen werde.

München

Zurück in Bayern. Die drei Monate bis zu meinem Praktikum werde ich hier bei meinen Eltern verbringen. Und endlich bin ich raus aus der Schönhauser Allee. Die erste Chillsession mit alten Freunden ist absolviert, da kommt ein Anruf von Max. Er studiert mittlerweile in der Schweiz, ist dieses Wochenende aber wegen eines Arztbesuchs in München. Wir verabreden uns für den Abend am Hauptbahnhof. Max holt mich ab, und wir steuern ins Augustinerbräu. Bei den ersten zwei Hefeweizen bringen wir die Nachrichtenlage auf den neuesten Stand. Bald wird die Kneipe langweilig, also machen wir einen kurzen Spaziergang zum Friedensengel. Beck's. Eigentlich müssen wir jetzt beide zum Bahnhof, aber auf dem Weg ist diese einladend stylische Bar. Von einem Barhocker bestelle ich bei einer très schwülen Bedienung einen Cherry Blossom. Gehe auf die Toiletten im Keller und entdecke einen Vorraum mit funky Minimal. Wir ziehen um. Bei einem Tequila Sunrise beginnen wir – als Einzige – zu dancen. Mittlerweile ist der letzte Zug weg. Max simst seiner Schwester, dass sie uns abholen soll. Nur eine halbe Stunde später ist die Schwester da, und ich bestelle der Abwechslung halber einen Mojito.

Ab hier sehr vage Eindrücke. Schwester fährt uns zu ihrer Wohnung nach Starnberg. Kurz bevor wir ankommen, zwingt Max sie zur Vollbremsung. In einem Jugendclub brennt noch Licht, und Max muss mir unbedingt ein paar alte Kollegen vorstellen. Die interessieren mich aber wenig, stattdessen klettere ich alle zwanzig Sekunden aufs Podest, von dem ich nach drei Moves wieder runterfalle.

Nächste Erinnerung: vor dem Jugendclub. Mit einer frisch geklauten Flasche Havanna-Rum sehe ich mich zwei Türstehern gegenüber, von denen einer schreit: »Nenn mich nicht ›Alter‹!« Ich fasele was von wegen »18,99«, die mich die Flasche an der Tanke gekostet haben soll. Verräterisch: der Ausschank-Aufsatz. Einer der Türsteher nimmt die Flasche mit rein, und ich führe mich mörderlichst auf. Fragt mich nicht, wie, aber ich verlasse den Schauplatz *mit* der Flasche.

Max stresst rum, dass das jetzt eine absolut unnötige Aktion gewesen sei und alles auf ihn zurückfalle. Ich meine, er soll sich mal locker machen. Wir prügeln uns. Nächste Erinnerung: Ich liege neben Max im Bett, er lacht hysterisch, und ich habe ein Telefon am Ohr. Meine Mutter. Scheiße, der Messejob! Ich verspreche, sofort zu kommen. Wundere mich, dass ich keinen Kater habe, aber der Grund liegt auf der Hand: Ich bin noch total besoffen. Verabschiede mich von Max und nehme die S-Bahn zum Messezentrum. Mit der dreiviertelvollen Flasche Rum, die jetzt von einem Knäuel Klopapier verschlossen wird, erreiche ich den Stand meiner Mutter.

Alles klar, dann mal ran an die Arbeit. Das heißt mich in ein Ganzkörper-Löwenkostüm zwängen und den Rentnern (es handelt sich um eine Seniorenmesse) fleißig Flyer in die Hand drücken. Ich stehe kurz vorm Kollaps, unter der Löwenhaut wird es mit der Zeit verdammt heiß. Alle lächeln mich an und wollen Photos machen. Irgendwie stehe ich den Tag durch und save die Flasche für die Techno-Party am Sonntag, aber das ist eine andere Geschichte.

Wirtshaus Blues

Session beim Haxenthaler. Unten Wirtshaus, oben Hippie-Wohnung. Ich habe Gitarre und Verstärker dabei, beim Haxi im Zimmer steht ein Schlagzeug ohne Crash. Es läuft Led Zeppelin. Auf der Couch liegen ein paar Langhaarige sowie mein langjähriger Freund Dancemaster Don Casimir, der der einzigen anwesenden Dame mit unverschämten Sprüchen eine Kippe nach der anderen abluchst. Zunächst ein paar verzweifelte Jamversuche mit Haxi, der aber keinen Beat zwei Takte lang durchsteht. Also geht er in die Wirtsstube und holt Bier für alle. Gegen zehn ist der echte Schlagzeuger mit Kartoffelschälen fertig und es rulet der gute alte Blues. Zwei Telefongespräche später steht die connection für den Abend, und der Drummer steid an guadn Rauch auf. Es kreist die Plastikflaschen-Bong, und ich werde in die gute alte Zeit zurückversetzt. Mittlerweile habe ich mit dem Schlagzeuger die Instrumente getauscht, wir zocken Klassiker, Nirvana, Bob Marley, Hans Söllner. Alle singen mit.

Ich genieße die Unschuld des Moments, mit den ganzen jungen Leuten, den bodenständigen Rastas und Langhaaradn und Küchenhilfen die Songs meiner Jugend zu zelebrieren. Dabei bin ich noch einer der Jüngsten. Aber solche Abende hab ich seit Ewigkeiten nicht mehr gehabt. Die Leute hier haben schon ein urwüchsiges Leben, aber irgendwie war mir das ja auch nie gut genug, und ich musste raus in die Welt. Und jetzt brauch ich zwei Bier, um mich ihnen gegenüber ungezwungen zu verhalten. Am Ende bin ich ganz schön dicht.

Oldschool

Lebensmittelvergiftung oder Magen-Darm-Grippe. Eins von beiden hat mir die letzten beiden Tage zur Hölle gemacht. Konnte deswegen heute auch nicht zu meinem Ferienjob in der Rehaklinik, wo es mir so weit aber recht gut gefällt. Ist eine sinnvolle Tätigkeit, ab und an gibts Trinkgeld, und die Kollegen sind nett.

Und wieder: Die Drogenleute riechen sich wie die Wölfe. Bereits in der zweiten Mittagspause tausche ich mich mit einer Kollegin im freiwilligen sozialen Jahr sowie einem anderen Studentenjobber über die besten After-Hour-Clubs in München, das Preisgefälle zwischen Nord- und Süddeutschland sowie Grasqualitäten in Indien und Thailand aus. Und wie schon damals zu meiner Zivizeit, muss ich feststellen, dass die »Giftler« um einiges freundlicher zu den Patienten sind.

Freitag nach der Arbeit. Abends treffe ich Eva in der Stadt, wir hocken uns auf eine Parkbank und saufen Wodka-Blutorange aus der Flasche. Kleines Tütchen und mich flashts oldschool. Weitersaufen beim Stefan in der Wohnung. Eva geht irgendwann zu ihrem Freund, dafür kommt Dancemaster Don Casimir hereingeschneit, und zusammen checken wir erst mal auf einen Whiskey-Cola ins Irish Pub. Frisch gestärkt statten wir dem einzigen Club der Stadt mit Stil – dem 100quadrat – einen Besuch ab. Freitags läuft leider nur Hip-Hop, aber ich wollte mir eh nur mal die neue Deko anschauen. Drinnen Poser. Torsten von der Bar wundert sich über unsere Anwesenheit, irgendwie laber ich auch noch DJ Dario zu, der in alten Zeiten den Vorgängerclub ›Chicas‹ führte. Sonst keinerlei Kontaktaufnahme. Stattdessen drei Stunden dancen in der Ecke. Zwischendurch wird die Mucke etwas housiger. Das einzig hübsche Mädchen im Club, mit ausgefranstem Berlin-Pony, dancet neben mir, und Stefan zerrt mich in eine Ecke. »Oida, checkst dus nicht? Des Madl tanzt di scho die ganze Zeit o!« Nein, ich habs nicht gecheckt, und jetzt bin ich sogar zum Tanzen zu gehemmt. Um drei gehts zum Stefan, wir plündern die Vorräte, darunter eine Gulaschsuppe, die mit hoher Wahrscheinlichkeit ihr Haltbarkeitsdatum überschritten hat.

Exhibitionistische Handlungen

Samstag früh um zehn. Stefan und ich stehen nur mit Unterhosen bekleidet am Parkplatz einer Esso-Tankstelle an einer vielbefahrenen Straße einer Innenstadt in Oberbayern. Unsere Hände sind mit Handschellen auf den Rücken gefesselt, und vier Bullen stehen neben zwei Streifenwagen. Ein Kommissar in Zivil schmeißt mich in einen Wagen, Dancemaster Don Casimir wirft mir von draußen ein Grinsen zu, ich rufe Schland!

Vorwurf, ich habe es vor mir liegen: Exhibitionistische Handlungen. Zu krass. Wir sind immer noch lustig drauf, um nicht zu sagen: Uns verreißt es aufs Übelste. Wie ich später erfahren werde, kommt in genau diesem Moment Stefans Mutter beim Nordic Walken vorbei, wird aber nicht zu uns herangelassen. Der Bulle will meinen Namen, ich seine Dienstnummer, also befragt er Don Casimir: »Kennen Sie diese Personen?« – »Nur flüchtig und nur mit Spitznamen. Das ist der Krusti, und der andere ist der Schminki«, flunkert Don Casimir, der Polizist notiert. Mich verreißt es, und als Nächstes fahre ich im Fond eines Bullenautos ins Revier ein. In Unterhosen befragen mich zwei Zivis; ein junger Bulle mit roter Elvis-Tolle erledigt Papierkram. »Coole Frisur, Alter, Rock 'n' Roll ya! Leider auf der falschen Seite«, lobe ich ihn. Er muss grinsen, und ich bitte ihn um Wasser. Da meine Hände noch immer hinter dem Rücken sind, wird mir der Becher an den Mund geführt. Die Atemalkoholkontrolle ergibt runde 2,22 Promille, bei Stefan ästhetische 2,34. Langsam erfahre ich mehr zu dem Vorwurf. Eine Oma hat einen circa fünfundzwanzigjährigen unbekleideten Mann beobachtet, der am Mangfalldamm auf einer Bank sitzend an seinem Glied manipulierte. Der dumme Bulle duzt mich penetrant, obwohl ich ihn mehrmals zurechtweise.

Nachdem ein Arzt Blut abgenommen hat und ich schon wieder alles vergessen habe, werde ich – immer noch nur in Unterhosen – in eine Zelle verfrachtet. Neben dem Bett ein Klo, in dem ein halber Meter Klopapier mit einer schönen Wurscht seine Runden dreht. »Nicht schon wieder!«, denke ich …

Was war passiert? Es war mein letzter Arbeitstag in der Rehaklinik, und ich hatte Stefan in ein gutes Restaurant eingeladen. Kurz zuvor hatte Deutschland das Viertelfinale gegen Argentinien gewonnen, wir sahen die ganzen Deutschtümler und riefen »Schland!«. In dem Restaurant speisten wir gut und tranken ein Fläschchen wirklich guten, straighten Weißwein. Danach Biergarten, wir treffen Bekannte, heben ein, zwei Maß und checken noch mal kurz heim zu Stefan, um Geld zu holen. Stefan hat einen Zehner und einen Fünfziger. »Der Zehner wird a Gaudi und der Fuffi wird a Absturz!« Wir wählen den Fuffi und fliegen eine knappe Stunde später aus dem 100quadrat. An den nächsten Club habe ich keine Erinnerungen als die, dass ich irgendwann vom Türsteher nicht mehr reingelassen werde.

Im Morgengrauen. Wir stehen zehn Minuten

vor der Tür eines Neubaus am Stadtrand und wollen Pep kaufen aber keiner macht auf.

Auf der Suche nach Zigaretten irren wir durch die Stadt, entdecken die Flötzinger-Brauerei und schleichen uns durch das Eingangstor. Minutenlang dringen wir auf der Suche nach Bier immer weiter ins Innere der Lagerhallen vor, bis wir endlich von zwei überraschten Arbeitern entdeckt und wieder vertrieben werden. Dann sind wir beim Stefan. Es ergeht Call an Eva, die sich später entsetzt äußern wird. Es ergeht Call an Dancemaster Don Casimir, der mit ein paar Leuten am Mangfallufer hockt und chillt. Es dauert eine Weile, bis wir quer durch die Stadt gelaufen sind, ich habe so gut wie keine Erinnerung. Endlich treffen wir den Trupp, aber irgendwie ist gerade Aufbruchstimmung, Don Casimir, Stefan und ich gehen zur Tanke, der Rest verabschiedet sich. Ich habe die glorreiche Idee, in einer videoüberwachten Tankstelle eine Flasche Wodka und zwei Dosen RedBull zu entwenden, gebe 1,50 Euro Trinkgeld für die Kippen und checks mit Stefan zum Wasser. Don Casimir unterhält sich derweil mit ein paar Fremden an der Tankstelle und wartet darauf, dass wir jeden Moment wieder zurückkommen. Stefan und ich hingegen warten am Mangfallufer auf Dancemaster Don Casimir und vertreiben uns die Zeit mit Wodkasaufen. Wir wollen schwimmen, die einzige Erinnerung ist, dass wir beide gegen die krasse Strömung kämpfen und ich Stefan zurufe, er solle sofort rauskommen. Dann winken uns oben vom Damm zwei Bullen herauf, wir erkennen den Ernst der Lage nicht, mich verreißt es, auf einmal hab ich Handschellen, und Don Casimir ist wieder da ...

Nach etwa drei Stunden holen mich die Bullen endlich aus der Zelle, und ich kann mich wieder anziehen. Sie nehmen Photos, in Unterhose sowie angezogen, und Fingerabdrücke. Dann werde ich entlassen, eine halbe Stunde später Stefan. Verräterisch, eine Hälfte seiner Unterhose wurde auf der Bank gefunden. Die andere Hälfte hatte er noch umgewickelt. Dienstag habe ich Vorladung. Mittwoch wieder nach Berlin.

Der Tag vor der Loveparade

Der Zug trifft mich direkt ins Herz. Hardhouse Labelparty@Aufschwung Ost. Morgen ist Loveparade. Auf dem Doppelbett sind schwarze Aschеflecken. Die Musik geht ab. Genau der Punkt, wo selbst der letzte besoffene Verirrte in der Disse checkt, dass es abgeht, und wichtig mit seinem Zeigefinger im Rhythmus wippt. Keine Ahnung, warum ich schon wieder saufe und Marihuana in nicht geringen Mengen mit mir führe. Soll ich erzählen von dem halben Gramm Lidocain für 25 Euro? Auf der Straße wird man nur beschissen.

Heute: Klingele auf gut Glück bei meinem Verchecker in der Warschauer. Alex lässt mich rein, in der Küche mit zwei Typen zugange. Ich erspähe in der Ecke einen Riesensack Gras und gehe unbeachtet durch ins Wohnzimmer. Als die Typen weg sind, ruft mich Alex in die Küche und fragt pflichtschuldig: »Wie geht's?« Ich erkläre kurz und ebenfalls nur der Situation geschuldet meine Lage und komme zum Geschäftlichen. Angesichts der bevorstehenden Loveparade kaufe ich etwas mehr.

Friedrichstraße. Mit dem fetten Batzen Gras und einer Flasche *Red Fürst Uranov,* also einer Art

Wodka-Blutorange vom Bahnhofs-Edeka, latsche ich die Spree entlang nach Westen. Komme vorbei an ARD-Hauptstadtstudio, Reichstag und *Haus der Kulturen der Welt* und finde nur wenige Meter neben einer Straße am Rande des Tiergartens eine ruhige Bank. Wie ein Penner ziehe ich mir ein paar Schluck aus der Flasche rein und rauche einen fetten Joint. Ich meine, es ist nicht mal so, dass ich auf eine fette Party gehen würde und deshalb vorher schon recht straff sein möchte, sondern bloß so, Freitag Spätnachmittag, ich hätte einiges zu tun.

Kurz zuvor die erste Wohnung besichtigt. An sich nicht schlecht, relativ groß. Ein Blick aufs Klingelschild verrät fast ausschließlich deutsche Mieter. Eigentlich suche ich ja hauptsächlich Wohnungen im Parterre, damit ich in Ruhe dancen kann. Keine Ahnung, würde zur Not gehen. Ich brauche eine Strategie wegen der Loveparade morgen, ich kann ja nicht feiern. In fünfzehn Tagen beginnt mein megawichtiger Job. Ich werde meine vollen geistigen und emotionalen Fähigkeiten benötigen, um einen halbwegs normalen Eindruck zu vermitteln. Zudem muss ich eine Wohnung suchen, und auch dazu brauche ich einen einigermaßen klaren Kopf.

Doch genau das ist es. Das ist Techno: Noch einmal vorm Vergängnis blühn. *Das* ist mein Thema. Die Angst, mit der Unvernunft die Jugend ziehen zu lassen. Lass mich noch einmal vorm Vergängnis blühn, ein Teil einbauen, ein Gramm Pep ziehen, die Mucke hörn wie nie zuvor, tanzen für das Hier und Jetzt. Techno ist das plasmatische Moment, das alles Morgen und Vielleicht mit einem galanten Hauch beiseitestreift. Natürlich. Jetzt. Sound. Style. Mit cooler

Fresse in der Ecke stehen, Ärsche abchecken und die wahrscheinlich letzte Stunde im bewussten Zustand wahrnehmen. Noch ist alles ganz klar: Könnte das ein Verchecker sein, mit wem ist die da, wie heißt die Platte? Und doch bin ich schon vor Vorfreude auf den Rausch wie benebelt, habe Pupillen wie ein Stier. Irgendwann wird es voller, am Klo läuft der Deal, ich chill mich auf einen Sessel und zieh mir den Sound genauer rein. Die Musik treibt mich weg.

Zurück ins Hier und Jetzt: Ich liege in dieser Ferienwohnung im westlichen Westberlin auf dem Doppelbett und habe bis jetzt erst eine verfickte Wohnung besichtigt. Neben mir wohnen kiffende Griechen. Wollen auch zur Loveparade. Mal sehen, was das wird. Scheiße, das *kann* ich mir einfach nicht entgehen lassen.

Loveparade – Berghain

Jaja, die Loveparade. Wie es sich für eine anständige Party gehört, hat sie mich erst mal für drei Tage ausgeknockt. Doch das ist eigentlich viel zu harmlos. Wie kann ich nur all den Schmutz, Dreck und Speichel, das Aalen in niedrigsten Instinkten, das Asoziale und Verkommene beschreiben, das ich in mir und meiner Umwelt an diesem Tag verspürt habe? Dieser Ekel ergreift mich in letzter Zeit immer häufiger nach Partys. Der Club ist ein Ort, wo ich mich zutiefst fremd fühle. Und manchmal wiederum kann ich dort mehr ich selbst sein als irgendwo, irgendwann sonst. Vielleicht ist es ganz gut, dass es für lange Zeit die letzte Party dieser Art gewesen sein wird.

Loveparade. Nachdem ich mit den Griechen aus dem Nachbarzimmer ein fettes Tütchen geraucht habe, fahre ich mit der U-Bahn zum Ernst-Reuter-Platz. Auf der Straße des 17. Juni gehe ich Richtung Brandenburger Tor. Alle paar Meter stehen kleine Bühnen, auf denen DJs auflegen. Vor einigen tanzen auch ein paar Leute, Musik passt so weit, nur dass ich nie auf die Idee käme, mitten in der Stadt abzufeiern. Ab Siegessäule wird es ziemlich voll. Ich lasse mich mittreiben, nicke bisschen, schau mir die Titten auf den Zügen an, verkaufe ab und an ein Tütchen Gras. Bin im Grunde gelangweilt. Im Tiergarten hock ich mich mit ein paar gut verstrahlten Duisburgern zum Chillen hin. Haben auch nix zu erzählen. Verkaufe mein letztes Säckchen Weed und steuere zwecks Alkoholaufnahme einen Supermarkt an. Nur Assis da, total überfüllt, tut mir leid, ich habe kein Verständnis für diese Jugend. Haha, hole mir also ne fette Flasche Marillenlikör und stelle mich in die lange Schlange. So ein dummer Vollproll vor mir – sein Freund grölt die ganze Zeit stolz: »Berlin! Berlin! Berlin, Berlin, Berlin!« – steckt mehrere Flaschen Hartalk in seinen Rucksack, offensichtlich in der Annahme, dass dies in dem ganzen Trubel untergehen würde. Als sie an der Reihe sind, ist meine Freude kaum zu bändigen, denn der Kassierer bittet ihn, seinen Rucksack zu öffnen. Lächelnd schiebe ich mir zwei Kinder-Country in die Tasche, während der Proll von einem fetten Security-Türken in einen Hinterraum gebracht wird. Zurück zur Siegessäule. Erst beim dritten Passierversuch wird meine Flasche übersehen, Tom Novy legt auf, na ja. Ich irre ein bisschen umher, beschließe, heute feiern zu gehen, und fahre entsprechend zum Ostbahnhof.

Berghain. Vor dem krassesten Club der Stadt steht schon ein Häufchen bunter Menschen, es ist halb zwölf, wir müssen uns noch etwas gedulden. Ich komme mit einem netten Kalifornier ins Gespräch. Im Grunde bin ich schon ziemlich beschwipst. Drei asiatische Transen stellen sich zu uns, und ich führe mein erstes echtes Gespräch auf Chinesisch. Wö aí nî, die Transe liebt mich, anscheinend sind ihre Mandarinkenntnisse ebenfalls überschaubar. Punkt zwölf kommen wir rein, ich mache mir schnell ein Teil klar, flack mich in eine Chill-Ecke, kotz das Teil mit einem halben Liter Marillenlikör auf den Boden, und es macht *cut*. Ich check schon wieder gar nix oder weiß zumindest nix mehr. Kaufe bei einem jungen Blondschopf in meinem Alter ein Gramm Speed und gehe mit ihm und seinem Kollegen aufs Klo. Beide flippen fast aus, als sie sehen, wie ich mir aus dreiviertel des Päckchens eine Bahn lege. Angeblich reicht das für zehn, mir egal, heute Party.

Ich werde geil. Schon wieder diese homosexuellen Tendenzen. Ich schwör's, das kommt nur vom Pep! Hau einen wildfremden, großen, tätowierten Glatzkopf an, ob er Bock auf Oralsex habe. Er meint: »Jetzt noch nicht, bin gerade reingekommen, in ner halben Stunde bring ich dir ne Cola mit GHB drin, und dann können wir was starten.« Ich teile mit ihm trotzdem das restliche Pep und sehe ihn nie wieder. Also pack ich mir den Nächsten: junger Typ, Glatze mit kleinem Mini-Iro, sehr schlank, brauner freier Oberkörper. Zwei Brustwarzen-Piercings. Mehr weiß ich nicht. In der Kabine knöpfe ich seine Hose auf und blase genüsslich seinen viel zu kleinen Schwanz. Der Typ scheint es ziemlich zu genießen, leider kommt er vor lauter Pep nicht über das Anfangsstadium einer Erektion hinaus, was er irgendwann auch zugibt. Kein Act, wir verabschieden uns, ich sehe ihn nie wieder.

Mittlerweile verstrahlt es mich sehr übel, das Pep ist wohl doch recht gut. Ich schwitze wie ein Affe. Also Einsatz auf dem Dancefloor, der von dem fettesten Soundsystem Berlins aufs Härteste beschallt wird. Ich suche mir ein Plätzchen am Rand und lege los. Schürze meine Lippen und zeige alle Zähne bis hinten zu den Siebenern. Aaargh, ich bin ein Tier, ich will ficken, äh dancen, verdammt noch mal; während mein linkes Bein im Offbeat in der Luft herumwinkt, slidet mein rechtes einmal quer über den Dancefloor und zurück. Zwei, drei Tussis tanzen mich an, und abgesehen davon, dass ich nie weiß, wie ich mich in dieser Situation zu verhalten habe, bin ich auch auf einem völlig anderen Film. Ein kleiner bärtiger Wurzelzwerg lässt mich an seinem Poppers-Fläschen riechen. Riecht gut. Für einen Moment bin ich desorientiert, aber irgendwie habe ich noch nie verstanden, was an dem Zeug so toll sein soll. In der Panorama Bar oben ist der Sound noch nicht so fett, also warum nicht in eine der zahlreichen Kabinen gehen und onanieren? Wenn man schon mal so tolle Aphrodisiaka intus hat. In der Kabine geht das Licht nicht, es ist absolut stockfinster, und ich mach's mir auf der Kloschüssel gemütlich. Während ich alle zwei Minuten aus Versehen mit dem Kopf die Spülung betätige, versuche ich an mir rumzufummeln und genieße die leichten Halluzinationen im schwarzen Raum. Leider die alte Amphetaminproblematik: Trotz größtem Verlangen tut sich nix. Es ist sauheiß und stickig. Habe keinen Bock, so gefunden zu werden. Als die Tritte gegen die Tür nachdrücklicher werden, verlasse ich klitschnass die Kabine und gehe dancen. Weiß echt wenig von dem Abend. Später kaufe ich beim Russen Victor noch eine Pille und muss schon wieder fast kotzen. Am Klo ewige Gespräche. Am Morgen kann ich nicht mehr tanzen und bin unterzuckert, mittlerweile werde ich auf sechsundzwanzig geschätzt. In einem Chill-Raum – die Sonne scheint schon heiß durch die bunten Fenster – setze ich mich auf ein Sofa. Neben mir sitzt eine schweigsame deutsche Transe und hat eine Art Brautkleid an, daneben sitzt Tom und hat Aids. Die Transe soll mich schminken, aber irgendwann haut die Bitch ab, weil ich ihr den Gesprächspartner weggenommen habe. Tom: Mitte dreißig, Doppel-Iro und ein graues Mäusegesicht. Ich schwitze, kaue wie ein Verrückter auf meinen Wangen herum, gestikuliere wild und habe nur ein Ziel: möglichst viel zu reden und mich dabei möglichst zu profilieren. Tom ist gar nicht so blöd, wie er aussieht, Informatiker, irgendwann zieh ich ihm aus der Nase, dass er positiv ist, im Grunde erträgt er mein Gelaber aber nur, weil er auf Sex hofft: »Was ist denn jetzt der Unterschied, ob du dir nen Porno anschaust oder ob ich dir einen blase?«, fragt er, als ich ihm eröffne, was ich heute Nachmittag noch so vorhabe. Nee, es ist vorbei, ich habe nicht einen Pfennig mehr in der Tasche und seit Stunden nichts gegessen, fühle mich komisch und schwach. Nicht mal meine Feierschuhe hab ich an, ich probiers noch mal, aber der Move kommt unsauber, fuck it, ich gehe heim.

Der Nette Fucker

Im Erdgeschoss noch mal aufs Klo, Wasser trinken, ich wasche mir die Hände und murmle: »Sodom und Gomorrha ...« Da entdecke ich den Netten Fucker. Wie krass. Wir sind uns vor einem halben Jahr in einem anderen Club begegnet, er ist Mitte dreißig und Musiker, halblange lockige Haare. War erfolgreich mit seiner Band ›Mutterschiff‹. Vor allem spricht er genauso schnell wie ich. In der Maria damals hatten wir in zehn Minuten Techno, Bach-Kantaten und Nietzsche durch, dann musste er weg, gab mir noch schnell seine Visitenkarte. Irgendwie hatte ich schon damals das Gefühl, jemand Besonderen kennenzulernen. Ich schrieb ihm damals eine Mail und verwies auf mein Blog, ich dachte, ich würde ihn nie wiedersehen. Jetzt also steht er wieder vor mir, verschwitzt und mit freiem Oberkörper. Seine kurzen und doch wilden Haare krönen ein offenes Gesicht. Ja, sie »krönen« es wirklich. Sein Äußeres hat etwas Manisches, Geniales. Große Augen, feine Züge. Dann ein schlanker, zugleich elegant und unbeholfen wirkender Körper. Das ist der nette Fucker.

Ich rufe: »Hey, ich kenne dich!« Er entschieden: »Nein!« Ich: »Doch, äh Mutterschiff, E-Mail-Kontakt, letztens in der Maria!!!« Er checkt es. »Ahh, der Airen!« Er sagt wirklich Airen. Umarmt mich freundschaftlich, freut sich wirklich, ich mich auch. Auch wenn ich ihn vom Feiern kenne, scheint er mir aus einer völlig anderen Welt zu kommen. Wir gehen auf ein Sofa, und er fragt mich: »Sag mal, was sind denn das für Geschichten, ›Exhibitionistische Handlungen‹?« Irgendwas in meinem Kopf kommt gar nicht mehr klar, der Typ sitzt jetzt echt neben mir und kennt mein halbes Leben. Er ist erst seit um sieben da und schnitzeldrauf. Ständig muss er mich umarmen. Mein Gesicht ist hingegen so angespannt, meine Züge bereits so entglitten, dass ich vor lauter Kieferzirkus nicht ein einziges Lächeln zustande bringe. Schnell sind wir wieder bei Bach, er steht eher auf den liturgischen Kram. Ich habe Hunger. Der Nette Fucker geht zur Gaderobe, kauft ein Päckchen M&Ms und winkt von weitem ganz stolz damit. Ich bin innen ganz kalt, krieg gerade noch so den Daumen hoch. Nach zehn Minuten ist unser Gespräch vorbei, denn er muss jetzt echt dancen gehen. Er drückt mich noch mal und noch mal an sich, ich mag ihn wirklich, aber bei mir geht nix mehr. Wir verabschieden uns, und ich sage trocken: »Du bist echt cool, Mann.«

Beim Rausgehen schnorr ich den Türsteher auf eine Kippe an. Er ist so lange freundlich, bis er versucht mit seinem Feuerzeug die Zigarette zu erwischen, die mit einer Amplitude von fünf Zentimetern bei zehn Hertz zwischen meinen Lippen schwingt. Ich stakse raus, bin noch total drauf und gleichzeitig schon total am Ende. Auf dem Weg zum Ostbahnhof haue ich einen bunten Homo nach der Uhrzeit an. So ein stylischer Gaultier-Typ mit grüner Augenbraue links und Glatze. »It's quarter to ten.« Wow, so früh? Er kommt aus San Francisco, nennt sich Roxanne und macht so Performance Art. Wir quatschen bestimmt noch zehn Minütchen, dann check ichs endgültig in meine Ferienwohnung. Dort begrüßen mich die Griechen bereits vom Balkon, sie sind ebenfalls gerade erst eingetrudelt. Nach zwei Tüten gehe ich in mein Zimmer und beginne reuig zu leiden.

Jetzt ist Dienstag, ich bin immer noch gefickt, habe noch immer keine Wohnung angeschaut und zum ersten Mal seit zwei Wochen nichts zu rauchen. Für die nächsten Monate wars das. Das Pendel schwingt zurück.

The big jump

Die ersten drei Tage sind geschafft. Die Firma ist schon krass, aber meine Zuversicht, den Job zu schaffen, steigt. Am ersten Tag so ein blödes Einführungsseminar. Ich betrete das Gebäude, ein riesiger Glasbau, und melde mich an der Rezeption. Mir wird beschieden, auf einem der schwarzen Ledersessel im Foyer Platz zu nehmen. Ein gigantischer Innenhof, an dessen Flanken gläserne Büros sechs Stockwerke hoch in den Himmel ragen. Heller Marmor. Drei verglaste Fahrstühle. Ein gutes Dutzend supernervöser Anzugträger sitzt vor einem fetten Flachbildschirm und verfolgt pseudointeressiert die neuesten Entwicklungen auf dem Aktienmarkt: meine neuen Kollegen. Um neun kommt eine Human Resource Managerin und führt alle in einen Konferenzsaal. Vorstellungsrunde etc., ich hasse so was. Meine neue Kollegin, die zusammen mit mir anfängt, sitzt zwei Stühle neben mir. Mir wird noch ein treffenderer Spitzname einfallen, bis dahin ist sie ›die Schnepfe‹. Kein schlimmer Mensch, aber eben eine Schauspielerin par excellence. Dahinter nicht viel. Wir bekommen eine Einweisung in die allgemeinen Vorgänge, jeder der Neuen beginnt ja in einer anderen Abteilung. Nachmittags IT-Schulung.

Ich bekomme meinen Dienstlaptop und mein Diensthandy. Am Nachmittag melden die Schnepfe und ich uns kurz bei unserem neuen Chef. Wir bekommen unsere beiden Vorgänger vorgestellt, die uns bis Ende des Monats einarbeiten werden.

Gestern dann der erste richtige Arbeitstag. Wir pflegen verschiedene Datenbanken, schreiben Zusammenfassungen, Business-Pläne, auf jeden Fall nichts, wo man lockerlassen kann. Die Datenbanken lesen sich wie ein ›Who is who‹ der deutschen Politik und Wirtschaft. Mein Vorgänger, ein junger Franzose, hat im letzten Jahr Miss Merkel dreimal zu sehen bekommen; es scheint mir alles manchmal ebenso absurd wie die ersten Tage im Knast. »Da sitzt der Vorstand, hier der CFO.« Zehn, elf Stunden geht das Ganze auf jeden Fall; oft wird anschließend die Anwesenheit bei allen möglichen Sonderevents erwartet. Diesen Monat ein Sommerfest, ein Abendessen beim Chinesen und der *Berliner Firmenlauf*. Auch mittags isst man zusammen in umliegenden Restaurants. Der Franzose scheint cool zu sein, steht auch auf Techno, geht gerne ins Berghain, scheint aber keinen guten Stand in der Abteilung zu haben.

Unterm Strich bleibt abends nicht viel Zeit übrig. Nach der Arbeit eine Viertelstunde Busfahrt (der Busfahrer grüßte mich gestern augenzwinkernd mit »Herr Abgeordneter«), einkaufen, essen, abwaschen, vielleicht noch kurz lesen, pennen.

Schizo

Leute, ich bin so ein Schizo. Zwei Tage lang war mir nur zum Heulen zumute. Konnte nicht mal sagen, wieso. Heute früh mit der übelsten Depri-Laune aufgestanden. Mich gleich an meine verfickte Seminararbeit gemacht, den letzten Teil meines letzten Scheins. Kotzt mich so was von an. Mademoiselle ruft an. Labert und lädt sich bei mir ein für Ende des Monats, überhört meine »Vielleicht«s und »Mal schaun«s. Wie ein Hund, man kann sie prügeln, treten und verstoßen, sie kommt immer wieder zurück. Nicht nur bei mir. Diese krasse Asymmetrie der Beziehung kotzt mich an. Wieso rede ich überhaupt schon wieder mit ihr? Fahre dann zum Zoo, um Unterhemden und einen Sitzball zu kaufen. Fühle mich nur als Opfer, ja, fickt euch, fickt mich, nur zu, nehmt meinen Körper, setzt ihn elf Stunden in ein beschissenes Büro und beutet ihn aus. Habe ja keine opportunity cost, vorher gings mir auch scheiße. Alle Liebe, alle Freude: nur Rausch, Flucht, Schein. Denke an meinen sterbenden Hund, bestimme meine Todesart und lege die Sitzordnung für meine Beerdigung fest. Schreibe weiter an der Arbeit. Die Lampe in der Küche geht kaputt. Fahre mit einer großen schwarzen Wolke überm Kopf zum Baumarkt, stoße eine Schranke auf, löse den Alarm aus und kaufe einen Gummistöpsel, der sich später als zu klein erweisen wird. An der Kasse fragt mich die Kassiererin auch noch nach meiner Postleitzahl. Weiter mit der scheiß Arbeit. Ruf abends meinen Vater an, diskutiere ewig mit ihm ein mathematisches Problem, spreche über Hund und Job und fühle mich auf einmal großartig. War es wirklich nur der mangelnde menschliche Kontakt? Mache bis halb zehn mit der Arbeit weiter, komme weit, check ins Internetcafé. Vier Mails für mich, Einladungen, Anregungen, Grüße. Ich bin auf einmal wach und voller Tatendrang, laufe drauflos, hole mir irgendwo einen Döner, freue mich der bunten, heiteren Menschen, lasse die Pre-Partystimmung auf mich abfärben, verlaufe mich, kaufe mir in meinem Überschwang meine erste Zigarette seit zwei Wochen, die fast so übel schmeckt wie meine erste und die ich nach drei Zügen wegschmeiße. Jetzt ist es zehn Minuten vor Mitternacht. »Werd scho wern«, sagt Frau Kern, speicher den Text und mach mich fertig zum Schlafen.

Die Gin-Trilogie: Foto

Ich nehme ein Streichholz, drehe es einmal um, und mein Leben ändert sich. Ich sitze in der U-Bahn, jemand sitzt neben mir, ich spreche ihn an oder nicht: Mein Leben ändert sich. Jeder Moment birgt diese Macht. Deswegen sind wir die Allmächtigen.

Ich nehme mir diese Frechheit und einen weiteren Schluck Gin Tonic. Berlin-Sound in Berlin, lang, lang ists her; was für ein fader Alltag, in den ich da geraten bin. Ich sollte mehr Drogen nehmen, noch ein, zwei Jahre ohne Plan im Hier und Jetzt verweilen, bevor es ganz vorbei ist. Schon kenne ich die andere Seite, die dröge Vernunft, das Planen und Berechnen, die Angst vor Altern, Krebs, Tod. Nichts hat sich in meinem Leben so gut angefühlt wie Vergessen, Rausch, Sein. Hier und Jetzt heißt »scheiß auf morgen, auf Hautbild und Montag«. Wir haben es alle verlernt.

In was bin ich da geraten? Es gab eine Zeit, da war die Welt bunt, nicht nur von außen. Mein Job ist eine Prüfung, nichts weiter, ein weiterer Knast. Ein weiteres Bild in meinem Album, und kaum ist es entwickelt, werde ich mich daranmachen, das nächste zu schießen. Wo bleibt meine Lockerheit? Was für Fotzen! Ich sollte diesen straighten Maximierern – längst ohne Kontakt zum Ist – ins Gesicht scheißen und: Ich hätte noch recht dabei.

Wie lautet also mein Plan? Kein Plan?! Den Mut bringe erst mal auf!

Drei Zeilen vor Schluss, (mehr Gin?) – morgen ist auch noch ein Tag, wo ist oben, wo ist unten …

Die Gin-Trilogie: Krass/Overload

Eine Stadt. Eine Straße. Ein Baum. Ein Blatt. Wind, ein Geruch ... Ach ja, das Parfüm. Originalversion im Sony-Center mit All-time-winner Nico, der fast platzt vor Glück. Ich kenne keinen Menschen, der stärker ist als Nico mit seiner Fotzen-Philosophie. Mit seiner Freundin sitzen wir danach bei einem von hundert Bieren, und beinahe färbt die ›Alles ist machbar, Kunde!‹-Einstellung auf mich ab. Er nimmt mich mehr ernst als ich mich selber, der ich den Kampf schon fast aufgegeben habe. »Du brauchst Verantwortung, Kunde, du musst dich beweisen; ist doch klar, dass du auf sonen Fotzenjob nicht klarkommst.« – »Aber –«

Auf dem Rückweg fehlt mir was, und ich denke, Drogen könnten helfen.

Von der Wand einer Bar schreit es mir entgegen: ›REALISMUS‹, und ich weiß nicht, ob es Aufforderung oder Feststellung ist. Macht das einen Unterschied bei diesem Wort?

Wenn ich das Wort ›Strategie‹ höre, sehe ich mehr als zwei Pfeile in einem Diagramm, ich sehe tausend Menschen, Millionen Handlungen, unendliche Gefühle; und das bremst. Mein Kommentar meist: »Krass.« Overload.

Zu viel Realismus und alles wird Traum. Blues wird Jazz. Moll wird Chromatik und ›Hier und Jetzt‹ wird ›Immer und überall‹. Eine Stadt. Eine Straße. Ein Baum. Zeit und Raum.

Die Gin-Trilogie: Slow

Ich lese zum zehntausendsten Mal Rainald Goetz' ›Rave‹ und denke mir: Entweder du schreibst richtig, nur noch, oder du lässt es. Du lässt es. Oder schreibst nur noch. Das ist noch so ein langer Weg. »Wir sind frei.« »Wir sind besser.« Dazu das Bild des tanzenden Jungen auf dem Bett. Seine Pupillen richten sich nach innen: Dixie-Klos auf den Osterinseln, anstelle von Steinköpfen. In Nächten wie dieser kommt dir das vor wie eine höhere Wahrheit.

Die Osterinseln. Ob ich die je sehen werde. Persönliches Drama. Milliardenfach. Sei froh, dass du was zu essen hast. Nichts daran ist sarkastisch. Eine bessere Welt. Nichts daran ist lächerlich. Haarfarbe, Augenbrauen and shit. Wo bist du eigentlich. Gerade. Räumlich, zeitlich, gefühlsmäßig.

Eine Visitenkarte im Wasser.

Mit den Augen von morgen betrachtest du den Pegel. Die halbe Flasche. 8 Euro, das hast du noch verstanden. Moses ging auf den Berg und kam mit zehn Flaschen Gin herunter. Aber unten tanzte bereits das ganze Volk, voll auf LSD, um das Goldene Kalb. Allen Schmuck, jede Münze, eingeschmolzen zu *einem* Kalb. Und tanzten. Dann kam Moe mit seinem scheiß

Opium, und seitdem steht es geschrieben, dumpf und klar, für alle: Du sollst. Du sollst nicht.

Ich werde dich immer lieben. Riech! Wie dann das Göttliche ins Tierische umschlägt, jedes Mal. Jeder Süchtige sehnt sich nach Reinheit.

In Nächten wie dieser …
Schaust du die Welt an,
Und denkst-
»So ist es.«

In Nächten wie dieser-
Bin ich die Königin …
Des Augenblicks

Le beau mec (Der hübsche Kerl)

Bomec schreibt: »Gestern hatte ich eine Verabredung mit einem meiner Lieblingsblogger. Ich traf einen Menschen, mit dem ich ohne das Medium Internet wohl niemals in Kontakt gekommen wäre, und musste überrascht feststellen, dass wir miteinander umgingen wie zwei alte Freunde. Wir hatten einen großartigen Abend. Und mehr wird hierzu nicht gesagt.«

Ich schreibe: »Fetzen: Die Wohnung in Kreuzberg, die wild kämpfenden Münder, der schnelle und lieblose Sex, Bomec kniet über mir, und sein warmes Sperma läuft in meinen Mund und läuft und läuft und ergießt sich über mein ganzes Gesicht.«

Eigentlich bin ich nicht schwul.

Wir waren um 23 Uhr verabredet. Um 23 Uhr sitze ich nervös in der S-Bahn und versuche die Halluzinationen zu ignorieren. Ich bin auf Pilzen. Eine große Begabung von mir an wichtigen Tagen das eklatant Falsche zu tun. Noch vor einer Stunde saß ich bei Tommy in der alten Wohnung, schon da nervös, und ließ mir ein Gramm dieses Teufelszeugs aufschwatzen. Nun die Bahn. Meine Gedanken rasen und wiederholen sich alle zehn Sekunden, schiere Verzweiflung bei der Aussicht, gleich einem wildfremden

Menschen zu begegnen, die Erkenntnis, dass es kein Glück gibt, das nicht durch Zweifel zerstört werden könnte, zu Hause ist der Herd auf zweihundertfünfzig Grad gestellt und zwischen meinen Zähnen fliegt ein Kaugummi. Um viertel nach elf – auf dem Weg über die Straße schnell ein Bier geext – stehe ich endlich vor dem Café Zapata, dem verabredeten Treffpunkt. Ich tripple auf und ab, ein Pärchen beäugt mich argwöhnisch, an einem Tisch unterhalten sich lautstark zwei besoffene Briten, niemand da, Gott sei Dank, schnell weg hier. Durch die Freitagabend-Crowd bahne ich mir meinen Weg zum Bahnhof Friedrichstraße, hebe meine letzten 10 Euro ab und investiere umgehend drei davon in ein Fläschchen Jägermeister. Schon besser. Also zurück und rein in den Club. Auf der Bühne stehen drei Langhaarige und gehen mit ihren Streichinstrumenten ziemlich ab (Samstag morgen, Bomecs Geruch in den Haaren, eine Fender in der Hand, Blues: »Schön, wie du spielst«). An der Bar stehen keine zehn Leute, ich klatsche und gehe raus. Ich will Bomec treffen. Es gibt nur eine Möglichkeit, und die geht so: Ich fahre mit der S-Bahn wieder nach Hause, schließe auf (biege den Schlüssel ab), schalte den Herd aus, krame die Handynummer hervor, renne zur Telefonzelle, rufe ihn an, spreche zehn Sekunden, schiebe die andere Telefonkarte rein, verabrede mich um zwei vor dem Berghain, renne wieder nach Hause, klingle bei allen Nachbarn, drücke die Tür auf, nehme das andere Schlüsselbund, ziehe meine Feierschuhe an und checke los.

Um zwei vor dem Berghain. *Der* Club in Berlin. Ich lehne ziemlich besoffen an einem Zaun und schwalle einen jungen Taiwanesen zu mit Mandarin

Lektion eins. Ein junger Typ mit blonden Haaren und hübschem Mund erkennt mich an meinen Pupillen und spricht mich an. It's him. Ich reagiere im Reflex auf Englisch, freue mich und versuche, meinen Geisteszustand zu entschuldigen. Irgendwie bringt Bomec mich an dem Türsteher vorbei, irgendwie vergeht die nächste Stunde, Techno, ich tanze, sein Gesicht sticht dann und wann aus der Menge. Überhaupt reden wir sehr wenig an dem Abend, und dabei ist das alles, was ich mit ihm tun wollte: reden. Und selbst das wenige Gesagte verbleicht neben dem Getanen in der alkoholumnebelten Erinnerung. Ein Koreaner und Chemie auf dem Klodeckel. Wir fahren Taxi. Jetzt könnten wir reden, vielleicht haben wir es sogar getan, das Taxi hält vor einem sehr coolen Schuppen, dem Roses. Rosa Flokati an den Wänden, Bilderrahmen und ein paar wirkliche schräge Typen, die sitzen und trinken und ziemlich weird wirken. Ich fühle mich wohl. Bomec spricht mit einem dunkelhaarigen Lockenschopf, den er auf jeder Party trifft. Ich tanze in der einen Ecke, zwei Mädchen in der anderen. Und jetzt, wo ich auf einmal Überprüfbares schreibe, wo Bomec alles gesehen hat, fällt mir auf, wie oft sich beinahe ungewollt Fiktion und Realität vermengen. Eigentlich war es nicht die eine Ecke und die andere, eigentlich waren es nur zwei Meter und zwischendurch mal nur ein halber. Egal. Auf einmal bin ich sehr betrunken und artikuliere schwammig meine Lust auf Sex. Dann sind wir in Bomecs Wohnung, und da stehen wirklich ein Schlagzeug und vier Gitarren, und alles schaut so anders aus, als ich es mir vorgestellt habe, so anders wie Bomec. Und unnötiger Sex. Wir schlafen und dann wache ich auf einmal auf und sehe ihn richtig, er sieht prächtig aus und ruhig und lieb, und ich frage mich, ob ich nicht vielleicht doch schwul bin. Das Frühstück und sein wunderbar entspannter Mitbewohner, es ist alles für den Arsch, weil ich auf einem Post-Drogen-Film bin und mir wieder mal jemand sagt, dass ich viel im Kopf habe und damit nicht klarkomme, weil ich den bunten Stoff hinter dem »S« von ›Detroit is for LoverS‹ auf seinem Sweatshirt interessanter finde, als die Regungen in seinem Gesicht. Ich gehe heim und weiß bis heute nicht, was ich von all dem halten soll. Nur eine E-Mail macht alles wahr: »vergiss es. du bist hier. und alles ist gut. kuss Bomec«.

Marcel

Bei mir um die Ecke steht immer so ein Typ mit ungepflegten langen Haaren und Vollbart. Er tigert die Straße auf und ab und fragt jeden Entgegenkommenden mit ausdrucksloser Stimme: »Haben Sie vielleicht einen Euro?« Er ist genauso alt wie ich. Die ersten Male fühlte ich mich belästigt. Jedes Mal, wenn ich ihn sah und er mich ansprach, dachte ich so was wie: »Du Assi, Kunde, Alter, du kannst doch echt arbeiten gehen, und außerdem merk dir verfickt noch mal mein Gesicht und dass ich dir nie was geben werde.« Ich war kurz davor, es ihm auch zu sagen.

Vor einer Woche – ich lief gerade zum Kiosk und war ziemlich betrunken – fragte er mich wieder, deutlich und monoton: »Haben Sie vielleicht einen Euro?« Diesmal blieb ich stehen. »Alter, was issn das fürn Spruch, ein Euro ist viel zu viel, dir gibt doch kein Schwein was auf die Tour, Mann, wie bist du denn drauf, auf was bist'n du, bist du'n Kiffer oder auf Schore oder 'n Alki oder was?« Ich erntete nur ein verschämtes Grinsen. Mir wurde klar, dass er unsagbar langsam sein muss im Kopf, und sofort tat mir mein Spruch leid. Ich ruderte etwas zurück, kratzte etwas Kleingeld zusammen und fragte ihn im Gehen nach seinem Namen: Marcel.

Gestern Abend. Ich versuche gerade, mir den Freitagabend von der Seele zu schreiben, bin etwas beschwipst und klaube meine letzten dreißig Cent für eine Zigarette zusammen. Und wieder steht Marcel vor dem Kiosk, scheint mich nicht wiederzuerkennen und lässt seinen Spruch ab: »Haben Sie vielleicht einen Euro?« Ich begrüße ihn und frage ihn nach einer Zigarette. Er gibt mir eine JSP: »JSP kann man gut rauchen, oder?« Wir hocken uns auf eine Bank und rauchen; ich frage ihn etwas aus. Marcel kam mit dreizehn ins Heim, weil er die Schule schwänzte, hat seit drei Monaten nicht mehr gekifft, aber »gerade voll Bock drauf«. Er braucht noch einen Euro, dann kann er sich drei Bier kaufen. Er spricht ganz langsam und eintönig, er ist an der Grenze zur Behinderung und sanft wie ein Lamm. Eigentlich könnte er sogar ein bisschen hübsch sein, wäre er nicht total verlottert. In einem Anflug von Neugier lade ich ihn zu mir nach Hause auf ein Glas Portwein ein. Dann sitzen wir bei mir auf dem Sofa, er ist ziemlich schüchtern und traut sich kaum, das Glas anzufassen. Er erzählt, dass ihn ein Psychologe arbeitsunfähig geschrieben habe. Wir schlachten meine Büchse mit Kleingeld und gehen zum Kiosk, Bier kaufen. Er fragt, ob ich Bock habe, zu ihm zu gehen und das Bier zu trinken. Er wohnt ganz oben im fünften Stock in einer WG, sein Zimmer ist erstaunlich aufgeräumt, an der Wand hängen psychedelische Poster. Ich chille mich auf sein Bett und mach das Bier auf. Neben mir steht ein Fernseher und darauf ein eingerahmtes Bild seiner Mutter. Es muss schon etwas älter sein, sie hat streng zurückgekämmte Haare und ein kantiges, aber schönes Gesicht. Daneben steht ein Bild von ihm, er ist darauf vielleicht vier

Jahre alt, ein richtiges, vom Fotografen; er ist ein schönes Kind. Ich frage ihn, wann er seine Mutter das letzte Mal gesehen hat. Er sagt vor einem halben Jahr. »Und was macht die so?« – »Arbeiten, glaub ich.« Ich weiß echt nicht, was ich sagen soll. Ziehe eine lockere Show ab für Marcel. Nach dem Bier muss ich gehen.

Ich bin wieder auf der Straße. Auf meiner, nicht auf seiner. Gottseidank.

Live aus dem Käfig

Habe ich schon mal gesagt, dass Techno der Rausch des Lebens ist? Das Erwecken der Jugend, das unerbittliche Strahlen des Seins? Was ist denn das für ein geiles Set, ich brech gleich ab.

Ich sitze den ganzen Tag in der Arbeit, schaue durch meine Excel-Tabelle wie der Panther durch die Stäbe, schüttle – so wie heute – der indischen Botschafterin die lasche Hand, lausche den Vorträgen von Leuten, die sich nur durch eines auszeichnen: die bestmögliche Anpassung, ein Minimum an riskantem Individualismus; Meister im Versteckspiel der Charaktere, einem Spiel, in dem das Ego nicht mehr ist als eine Waffe. Welcome to the business world. Damit wir uns nicht falsch verstehen: Das ist kein Jammern (dafür bin ich zu jung), das ist mein Erster-Hand-live-Bericht aus dem Käfig. Noch bin ich schmal genug, um durch die Gitter zu schlüpfen. This is how: Put on some techno music. Wie geil.

retro

Irgendwas lockt mich nach draußen. Es ist die Geilheit auf das Retro-Feeling, das mich schon die ganze Zeit flasht. Seit einer Woche befinde ich mich auf der Suche nach diesem Feeling, den Geruch wieder in der Nase, die Antennen wieder auf Empfang, die Augen rot, jede Empfindung in einen wattigen Schleier getaucht. Und hey, ich mag es, es geht gut, die Arbeit läuft, der Chef lobt mich und mit einem verschmitzten Grinsen grüße ich auf der Toilette mein Spiegelbild: »Du dichte Sau!«

Läuft ganz gechillt. Es erinnert mich alles so an die Zeit vor zwei, drei Jahren. Gerade im Winter. Berlin ganz neu, dauerstoned, immer zu wenig im Magen, pennen bis 12, 13 Uhr, dann erst mal ne Tüte, gegen Abend was essen, bisschen Rotwein, dann ab in die Stadt, feiern. Wochenlang ging das so, monatelang. Immer das Abenteuer-Feeling unter der Haut. Der Reiz, der Kitzel des Neuen. Es gibt heute Leute, die das genauso empfinden. Uns trennen drei, vier Jahre und ein paar Entscheidungen. Und manchmal gar nichts. Mal rein realistisch, es wird mich wahrscheinlich einen Riesenhaufen Kraft und Überwindung kosten, am Montag aufzustehen und alles gebacken zu kriegen;

aber fuck it, ich bin jung, das muss gehen, das haben schon andere geschafft. Das habe ich schon geschafft, keine fünf Jahre ist das her, ein verschneites Dörfchen in Oberbayern, Samstagmorgen, wir kommen gerade aus dem Natraj-Tempel, eine Menge Leute bei mir im Haus, schön verstrahlt, ich rauche einen Topf aus meiner Bong, Mullah Schah hieß das orientalische Glasgebilde, benannt nach dem damaligen Pressesprecher der Taliban. Der Topf streckt mich nieder: *jetzt* chillen, da reicht man mir das Telefon, Malteser Hilfsdienst, ich muss arbeiten. Kein Problem, ich setze mich ins Auto und fahr in die Zentrale, fahre zwölf lange Stunden Behinderte durch die Gegend, komme abends nach Hause und chille weiter mit meinen Leuten. Keine fünf Jahre ... Das Feeling. Und jetzt? Denk dir eine Kamera über die Schulter und sei der verdammte Hero of the Night. Haha.

Goa-Party, Neueröffnung eines Ladens in Friedrichshain, ein ehemaliges Brauereigebäude. Es geht im Grunde um das Selbstbild. Das ist es, was uns Grenzen überschreiten lässt, was uns Dinge tun lässt, die wir noch nie getan haben. Was uns Fehler wiederholen lässt. Die Jagd, einem Selbstbild, einem Typen, einer Vision seiner selbst zu entsprechen. I wanna wanna be! Frustrierte, dicke White Trash Boys, die zu viel Tarantino-Filme gesehen haben. Porzellanene Medienopfer in der Menopause, mit wachsendem Kosmetikaverbrauch und kürzer werdenden Haaren, erleben auf Bach-Blüten ihre zweite Jugend, Salvation à la mode.

Und geschniegelte Karriere-Twens, die einem alten Hippie-Ideal hinterherhängen. Man sagt, es würde sich einpendeln. However, ich gebe den Text auf und sehe, was die Nacht bringt.

Abschied aus der dichten Welt

Genau drei Wochen hat dieser Zustand jetzt gewährt. Alles schön retro, flauschig, dicht, para, flashig. Mein Tagesablauf war in etwa dieser:

7:30 Uhr: Aus dem Bett quälen. Duschen, fönen, cremen. Krawatte aussuchen, kleinen Joint rauchen, pro Auge drei Augentropfen einträufeln.

8:15 Uhr: Wie einen hellblauen Schleier wische ich die Wohnungstür beiseite und klatsche ins kalte Nass. Es tut weh. Sofort spüre ich tausend Blicke. Pflichtbewusst gehe ich zur Bushaltestelle und stelle mich etwas an den Rand, aber nicht so weit, dass es auffällt. Im Bus setze ich mich meist in die letzte Reihe, weil sonst nichts frei ist. Normalerweise bevorzuge ich die erste. Nach einer guten Viertelstunde, die ich mit chillen ist gleich kindlich verklärtem Betrachten der Dinge verbringe, steige ich in der Nähe meiner Arbeitsstelle aus. Ich bin schon wieder der Erste und mir aller Blicke im Rücken bewusst. Fotzen, drauf scheißen, mein Gang unsicherer denn je, jetzt rein, »Guten Morgen« zu den Empfangsdamen, den Chip raus, durch die Tür, den Fahrstuhl und trotz zehn Minuten Verspätung den Chef siegesbewusst durch die Glaswand angrinsen. Am Automaten einen Kakao und rein ins Büro.

8:45 Uhr: »Morgen!« – »Morgen! Na, wie isses?!«, fragt mich meine Mitpraktikantin, die natürlich immer schon eine halbe Stunde eher da ist. Ich stelle den Kakao ab. »Wunderbar. Und wie war das Wochenende bei deinen Eltern?« Ich schaue ihr kurz in die Augen, um die Augentropfen zu testen. Keine Reaktion. Während sie erzählt, wie mega-funny ihr Weekend war, hänge ich den Anzug auf. Für meinen Geschmack genug geschwatzt. Ich schalte den PC an, gebe drei Passwörter ein und lege los. Die nächsten vier Stunden findet jede Konversation mit mir nur aus den Augenwinkeln statt.

12:00 Uhr: Mittagessen. Entweder fällt mir ein Grund ein, warum ich nicht mitkomme, oder ich gehe mit und schaue die ganze Zeit ziemlich verschmitzt in mich hinein/ins Leere. Via E-Mail Kontakt mit Mademoiselle. Und so gehen die ersten Stunden dahin. Im besten Fall ohne Zwischenruf vom Chef. Dann muss ich ins Büro, die Augen aufreißen, meine Konzentration aufrechterhalten. Pseudokluge Zwischenfragen stellen. Er mag das.

15:00 Uhr: Gegen Nachmittag wache ich langsam auf. Die ersten Gespräche mit der Kollegin neben mir finden statt. Ich linse auf die Uhr.

19:00 Uhr: Gegen sieben checke ich heim. Sobald ich die Tür zu meiner Wohnung geöffnet habe, ist Multitasking gefragt. In möglichst effektiver Weise versuche ich die Handlungen anzuordnen, die nötig sind, um meine Schuhe auszuziehen, mich meines Anzugs zu entledigen, pissen zu gehen, Saft mit Hochprozentigem zu mixen, Mucke anzuschalten, Freizeitklamotten anzuziehen, eine Mische zu bauen und den Cocktail zu trinken: 02:37 min.

Ich rauche einen Kopf, und schon nach der ersten Hälfte fallen mir fast die Augen raus, dann noch den Rest, und ich machs mir erst mal auf den weißen Fliesen des Küchenbodens bequem. Om namah shivaya. Puh … Aufstehen, ins Zimmer, Runde dancen oder ein Video reinhauen. Ich fühl mich gut und lebe auf. Ein paar fröhliche Selbstgespräche, ich feuere mich an, die Musik lauter zu machen. Ja, geschafft! Den ganzen Tag gearbeitet und zusammengerissen, jetzt kann ich chillen, saufen und gute Musik hören. Meine Hände, an denen ich seit Nachmittag geschwitzt habe, befinden sich bereits wieder auf einem normalen Feuchtigkeitsniveau. Langsam krieg ich auch richtig Hunger, das erste Mal heute. Also reiße ich das Freshness Seal von meinem Party-Nudelsalat und esse ihn in fünf Minuten auf, starte Film, bin dicht, care shit … Oft wache ich besoffen bei offenem Fenster auf.

Heroin

Am Sonntagmorgen sitze ich vor meinem neuen Fernseher, den mir mein Chef gestern vorbeigebracht hat. Korrekter Preis. Ich schaue die Viva Retro Charts. »All that she wants«, ja, das flasht mich retro. In der Retrospektive wird das Urteil milder; Musik, die für mich früher den reinsten Abschaum darstellte, hat auf einmal was.

Gestern war wieder so ein schizophrener Tag: Aufstehen, joggen im Volkspark. Nach dem Frühstück gehe ich zur Änderungsschneiderei. In meine Lieblingsfeierhose mit dem Achtzig-Zentimeter-Schlag muss ein neuer Reißverschluss eingesetzt werden. Außerdem lasse ich meinen Nadelstreifenanzug reinigen. Dann bringe ich meine Wohnung auf Vordermann, schließlich will am Nachmittag mein Boss vorbeikommen und mir den Fernseher bringen. Bilder müssen abgehängt, Drogenlexika im Bücherregal umgedreht und mitgegangene Werbegeschenke versteckt werden. Als mein Chef kommt, glänzt das Zimmer. Gottseidank hält er sich nicht lange auf. Gleich im Anschluss fahre ich zum Baumarkt und hole mir ein Antennenkabel. Der Fernseher läuft, alles super, nur leider ist mir jetzt extrem langweilig. Kiffen kommt nicht in Frage, Feiern ist zu anstrengend, also mache ich etwas, das ich schon seit Jahren nicht mehr gemacht habe und selbst damals nur ein knappes dutzend Mal. Ich fahre zum Kottbusser Tor, suche Augenkontakt, gehe mit, schiebe ein Scheinchen rüber und halte eine erbsengroße Plastikkugel in der Hand.

In der U-Bahn zurück, setze ich mich neben ein süßes Mädchen, London-Style, etwas mollig und sehr gut angezogen. Gaultier la femme. In der Glaswand gegenüber treffen sich unsere Blicke ein paarmal zu oft, um es Zufall sein zu lassen. Könnte ne hübsche Kurzgeschichte werden, am nächsten Morgen verlasse ich pfeifend ihre Wohnung und schnipse die blöde Heroinkugel in den Gully. Am Südkreuz steigt sie aus, schaut von der Tür aus noch mal zu mir rüber, ein, zwei unendliche Sekunden kann ich den Blick halten, dann sehe ich gelangweilt aus dem Fenster.

Zu Hause öffne ich die Kugel über einem Stück Papier. Schicht um Schicht wickle ich die Plastikfolie ab, bis in der Mitte eine gute Messerspitze bräunlichen Pulvers zum Vorschein kommt. Sieht in etwa so aus wie Instant-Tee und riecht säuerlich, wie eine Mischung aus Zigarettenkippen, Müll und Essig. Diacetylmorphin. Dann hole ich Alufolie. Aus einem Stück drehe ich mir ein Röhrchen. Auf ein anderes schütte ich ein Viertel des Pulvers. Sobald ich ein Feuerzeug unter die Alufolie halte, schmilzt das Heroin. Nun sieht es wirklich gefährlich aus, ein durchsichtiges braunes Öl; man kennt das aus Filmen. Ich halte die Folie schräg und erhitze weiter. Das Öl läuft langsam nach unten und zieht eine kleine Rauchfahne hinter sich her. Mit dem Röhrchen im Mund versuche ich sie einzufangen. Ich bin vorsichtig, früher habe ich da ganz schnell das Kotzen gekriegt. Als alles verdampft ist und nur noch eine schmutzige Spur auf der Alufolie übrig bleibt, gehe ich ins Bad und begutachte meine Pupillen. Sehen normal aus. Ich bin einen Tick mehr müde, der Klang kommt von weiter weg, sonst nichts. Im Grunde bin ich noch gelangweilter als zuvor. Ich schalte den neuen Fernseher ein. Bei »Schlag den Raab« tritt ein vor Selbstbewusstsein platzender All-Time-Winner an, der nicht müde wird zu wiederholen, dass er einen ›Elitestudiengang‹ belegt und dass er – mit deutlich hörbaren Anführungszeichen – »nur« bayrischer Vizemeister in Leichtathletik ist. Im Publikum sitzen seine beiden gegelten Fotzenfreunde, die sich zusammen mit seiner blonden Schickse in arroganter Siegesgewissheit überbieten. Die Sendung geht vier Stunden, und ich zieh sie mir mit Hochgenuss rein. Denn der Typ, der sich zuvor noch seines ›photographischen Gedächtnisses‹ rühmte, verliert auf blamable Weise haushoch. Vier Stunden lang wird er vorgeführt, und die Anstrengung, mit der er zuletzt sein Lächeln aufrechtzuerhalten versucht, bereitet mir tiefe Genugtuung. Ganz im Gegenteil zu dem Heroin: Ich kann mir kaum eine langweiligere Droge vorstellen. Irgendwann ist alles weg. Meine Pupillen haben sich zwar mittlerweile auf Stecknadelgröße zusammengezogen, die Geschwindigkeit meiner Bewegungen hat sich mindestens halbiert, aber wirklich toll fühlt sich das nicht an. Am Ende kann ich nicht mal richtig einschlafen. Heute bin ich ziemlich groggy, so als hätte ich gestern viel gekifft. Nö, das brauch ich so schnell nicht wieder.

Hertha

Seit Wochen hatte ich diese zwei Karten für das Spiel Hertha gegen Alemannia auf dem Tisch liegen. Geschenk vom Chef – VIP-Lounge, versteht sich.

Benommen vom Heroin kämpfe ich mich aus dem Bett. Ich bin in absoluter Scheißstimmung. Um meinem Innenleben auch äußerlich Ausdruck zu verleihen, gehe ich zum Fünf-Euro-Friseur, lasse mir die Haare trocken nachschneiden und gehe noch mal nach Hause. Kurzes Kaffee-mit-Zigarette-Frühstück, duschen, cremen und den ganzen Mist, dann ab zum Bus.

Halb zwei am Nollendorfplatz treffe ich Tommy. Tommy hat schon was geraucht, das merke ich sofort. Aber ich bin in einem sehr vergleichbaren Zustand, auf einer Restdosis Opiate, meine Lider fallen mir schwer ins Gesicht. Wir nehmen die U-Bahn zum Olympiastadion. Von Station zu Station füllt sich der Zug mit Fans. Am Olympiastadion benutzen wir den VIP-Eingang. Links kommt uns Boris Becker entgegen. Ich schau ihn gar nicht lang an, rechts ist der Eingang, diesmal betrachten die Hostessen unsere Tickets eingehender; wir sind sehr leger gekleidet. Wir gehen ein Stockwerk höher und landen schließlich in unserem Saal. Nach kurzem Checken der Lage lassen wir uns an einem für meine Firma reservierten Platz nieder. »Agatha« stellt sich als unsere zuständige Kellnerin vor. Ja, natürlich nehmen wir den Champagner. Pommery, was sonst. Wir fühlen uns beide etwas deplatziert, aber das wird sich mit steigendem Alkoholpegel sicher geben. Zwei Sekt und ein paar erste Häppchen vom Buffet später trudeln auch die ersten Kollegen ein. Es sind zwei Kollegen von mir, die eine Praktikantin, ehem. JU-Kader, dumm wie Stroh, lieb, aber flach bis zum Erbrechen. Er, SPD-Mitglied, heimlich in sie verliebt, schon seit zwei Jahren bei der Firma, Ende zwanzig, sehr wortgewandt, aber äußerlich leider eine Null mit Stern. Dann noch deren zuständiger Manager sowie: die Sprecherin der Frauenunion. Das Essen ist sehr gut – von Würstchen bis Hummer wird alles serviert. Bier auf Sekt – das schmeckt!

Endlich gehts los. Wir finden unseren Platz auf der Ehrentribüne und ziehen uns die erste Halbzeit rein. Es ist überhaupt mein erstes Fußballspiel. Im Fanblock geht es ziemlich ab, ich glaube, da wäre es fast lustiger. Gegen Ende der ersten Halbzeit schießt Alemannia den 1:1–Ausgleich. Wir gehen wieder rein. Ich geh pissen, als ich zurückkomme, ist das Glas Sekt wie bestellt am Platz; mit dem nächsten Bier gehts in die zweite Halbzeit. »Ick bin schon janz schön knülle!«, verkündet Tommy im Rüberlehnen. Hertha gewinnt 2:1, gegen Ende läuft sogar noch ein nackter Typ mit Hertha-Fahne quer übers Spielfeld. Everything a game needs. Dann sitzen wir wieder alle sechs am Firmentisch. Ich bin mittlerweile ebenfalls ziemlich betrunken und will es mit Tommy checken, irgendwo eine Tüte rauchen und dann heimgehen. Doch Tommy beweist erstaunliches Sitzfleisch und trinkt nach dem Spiel noch mindestens sechs Bier. Agatha schon: »*Noch* ein Bier???« Irgendwann verkündet Tommy: »Ich fühle mich dem Prekariat zugehörig!« Ich nippe verlegen an meinem Orangensaft. Dann reichts mir und ich trinke auch noch ein Bier, rappe Cypress-Hill-Texte, verabschiede mich und checks mit Tommy Richtung Ausgang. Wir nehmen die U-Bahn und fahren zwei Stationen bis Kaiserdamm. An einem Geländer nahe der Autobahn rauchen wir erst mal ne fette Tüte, Oldschool-Art à la Tommy, keine Fragen, keine Erinnerung.

Tommy und ich sitzen bei mir zu Hause mit einer Flasche Moët & Chandon sowie zwei Tüten und erörtern, ob wir uns vielleicht zu dicht aufgeführt haben. Axel Schulz kriegt übelst auf die Fresse, Tommy verabschiedet sich, ich bin natürlich noch nicht dicht genug, krame zwei Valium und eine Tetrafluzepam raus, bin total weg, wickle mir meine Cam mit einem Gürtel um den Kopf und nehme seltsame Sachen auf. Danach mache ich die Flasche Moët & Chandon nieder. Irgendwie wache ich zehn Stunden später auf, ein hässlicher Sonntagvormittag, wie es in Berlin so viele gibt. Um meinen Hals schlenkert ein Gürtel, im Backofen warten trockene Bananenschalen auf den Konsum. Vielleicht lag ›Banane‹ im aufgeschlagenen Drogenlexikon zu nah an ›Benzodiazepine‹ letzte Nacht.

Party, Puff und Pannen – Wenn, dann richtig

Samstag, 19:30 Uhr. Endlich Feierabend. Ich sitze in der Ringbahn, hinter mir eine krasse Woche. Ich bin am Ende, schaue nicht mal aus dem Fenster, sondern starre duch das Muster der Wand gegenüber ins Leere. Sechs Tage durchgearbeitet, vier Firmen geprüft, so viel gelernt wie während der ganzen Praktikumszeit zuvor nicht. Inter-company reconciliation, Roll Forward, Saldenbestätigung – vor einer Woche waren das alles noch Fremdwörter. So. Und da war dieses nette Mädchen, an das ich fast ein wenig zu oft denke. Clara ist für eine meiner Firmen zuständig. Ich saß sicher an die zwanzigmal bei ihr und ließ mir Belege zeigen oder verfolgte Zahlungen in ihrem SAP-System. Sie ist klein, hübsch, klug, lustig, rothaarig. Und nicht so ultraschön, dass man es gleich vergessen könnte. Am Freitag war ich kurz davor, sie einzuladen oder so was, eine hypothetische Option natürlich, ich blieb still. Jetzt sitze ich in der S-Bahn und werde sie nie wiedersehen. Dafür jemand anderes: Frank.

Frank habe ich das erste Mal 1998 auf einem Gitarrenworkshop in Freiburg getroffen, er vierzehn, ich sechzehn, wir beide in der Blues-Klasse. Wir bauten nur Scheiß, bewarfen von unserem Hotelzimmer im zwölften Stock aus Passanten mit kiloschwerem Herrenkuchen. An Silvester 2000 besuchte ich ihn in Neustadt an der Saale. Wir waren viel bei seiner Band im Proberaum, rauchten Joints, flashten mit Spektralbrillen durch die Stadt und ließen uns bei Karstadt beraten, welcher Hut wohl am besten zu unseren schulterlangen Haaren passe. Die Silvesternacht verbrachte ich mit seiner Sängerin, Lucy. Mit ihr halte ich bis heute sporadischen E-Mail-Kontakt, wir haben uns in den letzten Monaten wieder ein paarmal getroffen. Der Kontakt zu Frank aber war vollständig abgebrochen. Heute, sieben Jahre und zwölf Tage später, sind wir verabredet. Als die Bahn an meiner Haltestelle hält, checke ich heim, nehme noch ein paar kräftige Schluck Wodka, ziehe mich um und mache mich auf den Weg zu ihm.

Lichtenberg, 21 Uhr. Ich klingele im zweiten Stock eines Altbaus, Frank macht die Tür auf, er hat sich nicht verändert. Immer noch der lange Afro-Look und das Pferdegebiss, das ihn zu einem natural born Hippie macht. Ich setze mich in sein Zimmer, lauter Hendrix-Poster an der Wand, und übernehme den Joint. Frank ist jetzt Musiker, mit mäßigem Erfolg, er hat es sich leichter vorgestellt. Wir nehmen jeder eine Akustikgitarre und zocken erst mal einen Blues. Frank erwartungsgemäß saugut. Bei ein paar Bier labern wir über alte Zeiten, er erzählt, wie wir am Neujahrsmorgen 2000 mit nem Joint und nem Becks in einer Kirche sitzen und vom Pfarrer rausgeschmissen werden. Ich hatte das schon vollkommen vergessen. Irgendwann stößt Hannes dazu, ein Soziologiestudent im Hippiegewand. Schon lange nicht mehr mit so netten Leuten abgehangen.

Wir checken zur Party. Club heißt Cassiopeia, direkt an der Warschauer. Doch dafür müssen wir uns zuerst auf den langen Weg durch Lichtenberg und Friedrichshain machen. Ein paar Straßen vor dem Ziel greift Gott ein und schickt mir die süße Sekretärin vor die Füße. Ich: »Clara Langmeis!« – »Ah, der Wirtschaftsprüfer!« Sie ist mit ein paar Freunden unterwegs – ins Cassiopeia. Ultra-Chance. Fuck, fuck, fuck. Wir unterhalten uns gut, sie fragt etwas verwundert, was »das für Typen« seien.

Im Cassiopeia. Ich werfe meine Jacke in eine Ecke, Frank und ich checken die Lage. Unten ein Dancefloor. Musik ist gut, Bastard-Rock oder so, Techno mit Brett-Gitarren, sehr cool. Clara und ihre Leute checken hoch, dort ist noch eine Bar mit kleinerem Dancefloor und chilligerer Mucke. Kurzfassung: WodkaBull, BacardiCola, WodkaBull, Pils, ich falle vom Barhocker, während ich mit Clara rede. Verpeiltes Extrem-Dancing, hilfloses Rumgesteuer, jede Menge Mexikaner. Auf einmal ist es früh um fünf, und ich kenne kein Schwein, will es packen, finde meine Garderobenmarke nicht, wühle mich verzweifelt durch Tausende Jacken, bis mir einfällt, dass meine noch in der Ecke neben der Bühne liegt. Auf dem Weg nach Hause habe ich noch Stress mit einem Türken, kann aber flüchten. Um sechs komme ich zu Hause an.

Krasser Plan: Ich gehe zum Bankautomaten, hebe 100 Euro ab und klingele im nächstgelegenen Puff. Das Ding heißt »Lustgarten« und ist ziemlich voll. Ich stelle mich an die Bar, und die Bedienung fragt, was ich möchte. »Am liebsten gleich nach oben.« – »Wie bitte?« Ich wiederhole. »Ich glaube, du willst wieder gehen.« Okay, in Puffs sind üble Türsteher, ich gehe straight zur Tür. Mein erster Puffbesuch. Ich wohne in einem bunten Viertel, der nächste ist nicht weit. Unterwegs checke ich mir einen Fruchtsaft im Spätkauf, dann klingele ich in der ›Herz-Dame Bar‹. Hier ist es deutlich leerer. Ein Grüppchen Nutten steht an der Bar und lügt: »Wir haben auf dich gewartet.« Ich bestelle eine Cola und fleze mich auf ein großes Samtsofa. Eine kleine Schwarze setzt sich zu mir. Ihr Name ist Florence, wir reden Englisch. Ich schlage unprofessionell vor: »80 Euro, one hour«, sie ist sofort einverstanden. Ich bezahle gleich, Florence geht zur Bar und holt den Schlüssel. Als sie zurückkommt, gibt sie mir einen überraschenden Zungenkuss und geleitet mich nach oben.

Wir gehen in ein geräumiges Zimmer: Rotes Licht, großes Bett, ein kleiner Tisch, in der Ecke ein Kleiderständer. Florence geht pissen. Auf dem Tisch ein Küchenwecker, der bereits bei zehn Minuten steht. Ich drehe ihn zurück auf null und flack mich mit der Cola ins Bett. Florence kommt zurück und entkleidet sich vor dem Bett, den Rücken zu mir. Ihr knackiger Po weist zwei kleine Grübchen auf, ich springe auf und stelle mich hinter sie. Endlich kann ich mein Porno-Englisch auspacken. »Oh my god, you're so fuckin' hot!«, flüstere ich verzweifelt. Sie legt sich aufs Bett und spreizt einladend ihre Beine. Zehn Sekunden später liegen meine Klamotten am Boden und ich zwischen ihren Schenkeln. Sie ist rasiert und hat so gut wie keine Schamlippen. Erst mal ein ausgiebiger Cunnilingus. Dann vögel ich sie, sie ist verdammt tight. Ich bitte sie, sich umzudrehen. Ich nehme sie von hinten, die Haut an ihrem Po total fest und trocken, dunkelbraune Gänsehaut, ich ficke sie härter, sauge alles in mich auf und hoffe, dass mein benebeltes Hirn möglichst viel davon behält. Ich bekomme Durst, schicke Florence zum Wasserholen und drehe den Wecker noch mal fünf Minuten zurück. Nun ist sie oben, dann lecke ich sie wieder, die Innenseiten ihrer Schenkel makellos. Es bleibt nicht mehr viel Zeit, ich bin wieder oben, bin kurz davor zu kommen, der Wecker rasselt schrill, »please, just one more minute«, halte mich an ihrer Hüfte fest, stöhne, komme, bin zufrieden. Sie zieht das Kondom von meinem Schwanz, während sie sorgsam ein Küchenpapier darunter hält. Ich muss sagen: Eine Stunde ist viel zu kurz. Ich ziehe mich an, hau Florence um eine Kippe an und küsse sie auf die Stirn. Wir sind schon auf dem Weg nach unten, verabschieden uns, ich bin draußen.

Meine Beiname wäre nicht ›Maßlos‹, wenn ich jetzt nicht in das nächste Pornokino gehen würde. Wenn, dann richtig. Wieder klingeln, 5 Euro Eintritt, auf einer Bank sitzt ein halbes Dutzend runtergekommener chinesischer Schabracken, ich grüße »Ni hao!« und gehe durch in den Hinterraum. Auf einer Leinwand läuft ein Porno mit Jenna Haze. Ich setze mich auf das gegenüberliegende Sofa und trinke die im Eintritt inbegriffene Fanta. Eine Tussi hockt sich neben mich und raunzt was von wegen »Handjob 15 Euro«, aber ich habe kein Geld mehr. Eine Minute später kommt die nächste, der Porno langweilt, ich schicke sie weg. Andauernd laufen irgendwelche Tussen durchs Zimmer, wie soll man sich da konzentrieren, es wird mir zu blöd, ich checke heim.

Nach drei Stunden Schlaf stehe ich auf und mache den Bericht für die Arbeit fertig. Gegen Nachmittag fahre ich noch mal ins Office und spreche mit der Prüfungsleiterin alles durch. Heute wieder zurück auf meinem Fotzenjob, ich erledige Kinderarbeit. Am Abend ruft die Kollegin an, die jetzt meine Mandate von letzter Woche fortführt. »Frau Langmeis hat dich am Wochenende getroffen.« – »Ja, wir waren im gleichen Club. Hat sie was gesagt?« – »Ja, hat sie. Sie meinte, du wärst ziemlich versumpft.« Ein mildes Urteil.

Kleiner Abfuck

Irgendwie bin ich schon wieder gut aus dem Gleichgewicht. Letzte Woche komisch fade Party im Berghain. Ich hatte mich ewig drauf gefreut und den Montag danach extra frei genommen. Und dann war es doch wieder seltsam einsam. Ich stehe alleine auf dem Podest und schwinge das beschlaghoste Tanzbein, Hirn schön auf Pille, die Hände schießen im Rhythmus des Stroboskops aus dem Nichts. Bumm Bumm Bumm Bumm. Daraschak Daraschak Daraschak Daraschak. Ich starre verbissen ins Leere und folge dem Sound. Aus den Augenwinkeln sehe ich die Menge, alle sind eins, und ich stehe davor und lasse den Move fließen, und natürlich schauen alle her, denn keiner geht so krass ab, so geübt, so übelst im style, so peinlich oldschool.

Es dauert nicht lange, und schon wieder hängt mir so ein gesichtsloser Glatzkopf am Schwanz. Glubscht direkt zu mir hoch und will dafür Anerkennung oder so was. Dann wieder stundenlang nichts, erinnerungslose Leere. Am Morgen steht eine kleine rothaarige Italienerin neben mir auf der Toilette. Sie schmiegt sich an mich und steckt mir einen Finger voll Pep in den Mund. Und dann noch einen. Erst viel, viel später checke ich, was für eine schöne Situation das gewesen ist.

Auch der Nette Fucker ist da. Nur ein paar Stunden früher, ich warte vor einer S-Bahn-Station in Kreuzberg, Reifen quietschen, ein Auto hält, der Nette Fucker springt raus: »Komm, gehen wir mal dahinter ins Dunkle, denn im Dünkeln il se fait bekanntlich güt münkeln! Also pass auf, hier sind zwei Teile, Tulpen, die knallen richtig hart, wenn du sie ganz nimmst, ein Gramm Pep und hier eine Flasche mit zwanzig Milliliter GHB. Nimm erst mal anderthalb Pipetten zum Antesten, gut, alles klar, ciao-ciao, wir sehen uns später im Berghain!«

Jetzt steht der Nette Fucker zwei Meter vor mir auf der Tanzfläche und freut sich und schüttelt das unverschämteste Lachen aus seinem Gesicht. »Er amüsiert sich«, kommt es mir trocken in den Kopf während ich mit kühler Präzision den Sound in Bewegung umsetze. Ich habe weniger Techno-Spirit als irgendwer sonst auf der Party.

Danach meine ganz private After, Pornos und Valium und am Montagmorgen eine Nase H, die mich den ganzen Tag kotzen lässt. Dienstag ab in die Arbeit; bleich wie der Tod übersetze ich Geschäftsbriefe ins Englische und zwinge mir einen Anschein von Munterkeit auf. Im Unterbewusstsein meistere ich diesen Job am besten.

Techno-Milch

Jetzt lasst mir mal hier noch meine zwanzig Minuten Kontemplation, bevor ich loslege und sowieso jeden in Nullkommanichts mit Nonsens zuschwalle. Es ist die Stille nach dem Scheißen, die Ruhe vor dem Sturm. Ich sehe Sterne. Mein Kopf atmet Techno-Milch. Gleich geht die Party los. Alles dröhnt diffus. Gleich ...

Peng, Blitz und los! Hat noch einer verdammt was gegen die Mucke gesagt?! Hallo??! Upstart und rein ins Gedränge! Die Menge nimmt dich freundlichst auf, der Sound diktiert allen: Behave! Los, smile und dance.

Techno ist nicht nur die Musik, sondern gleichzeitig auch die tausend Geschichten, die automatisch drum herum geschehen. Die beiden, die mit der Zeit im Nacken vor der Kloschüssel knien und nur möglichst schnell das geile Pulver in die Nase kriegen wollen, so wie es der Sound befiehlt. Der aus dem dunklen Gang heraustaumelt, mitten ins Licht, ins Technoparadies, schon zappelt. Die schon daliegt und seit Stunden nur noch akustisch dabei ist. Die wir alle tanzen, Denken durch Takt ersetzen, mit voller Geisteskraft nur nach Vergessen im Tanzen und Sein streben, Technojugend im Jetzt eben mit jedem Beat *sind*. Get ready.

Das ist erst der Anfang. Es ist erst früh um acht, gleich legt Galluzzi auf, und dann legen wir alle noch mal nach, und alles wird erst dann anfangen, in den ganzen Erzählungen, Technomythen, Gesprächsstoffkreisläufen, Drogenstories, Afterhouranekdoten, in all dem auf Matratzen Gesäuselten, zwischen Joints und der wacher werdenden Frage, ob das alles okay so ist, in all dem Text, der bis zum Mittwoch bleiben, der geschrieben, gemerkt, geglaubt und von einem zum anderen über die tausend Kanäle der Nacht noch in den letzten Winkel dieser nach Neuem lechzenden und alles neu machen wollenden Welt, Unterwelt, Technowelt, dem ultimativen Fick, dem Bass, auf alle möglichen Arten der sommerlich den sommerlichen Rausch überdauernden Kommunikation zugleich gebracht werden, verstanden und gemerkt werden wird. Jetzt eben, durch die Musik.

In diesen Momenten merkst du, dass du Techno mehr zu verdanken hast als deinen Eltern, dass es nur einen Gott gibt: Party.

Du solltest das Kokain unbedingt mit so viel Ketamin mischen wie möglich, das ist vernünftiger, es ist Sonntag, es herrscht eine neue Logik. Nimm! Deine Freunde ziehen dich aus dem Loch in die nächste Bar. Du bist in Berlin, und von allem ist noch genügend da. Wir haben noch was vor heute, Jungs. Let's dance, fucking …

Heul doch!

Ich will gerade schon wieder so einen Text schreiben wie: »Es sind ganz andere Probleme, die einen herficken, wenn man Drogen nimmt. Jetzt im Moment zum Beispiel muss ich entscheiden, ob ich einen Notarzt rufe, einen Freund um Hilfe bitte oder einfach darauf vertraue, dass das gerade keine Überdosis war. Irgendwie geht mir diese fiese Flüssigkeit bereits nach wenigen Minuten so dermaßen an die Gurgel, dass alles Gewichse der letzten Tage mir nichts, dir nichts gegen die existentiellen Sorgen eines hilfeschreienden Unterbewusstseins verblasst. Meine jahrelange Erfahrung mit extremen Zuständen sagt mir jedoch, dass es noch etwas Zeit ist bis zum Verrecken. Zwar flimmert mir diese Substanz mein Bewusstsein früher und krasser weg als erwartet …«

Langweilt.

Ich schalte den Fernseher ein. Wieder deprimierende Nachrichten vom deutschen Arbeitsmarkt. Auf der einen Seite sehe ich, was für ein Glück es ist, für eine top Firma zu arbeiten, eine Referenz zu haben, die wirklich viele Türen öffnet. Auf der anderen Seite stehe ich so ratlos wie nie vor meinem Leben. Schon wieder Kopfschmerzen von zu viel Liquid E an einem Feierabend ohne Beschäftigung. Nicht die geringste Idee, was ich sonst machen könnte. Jetzt schütte ich angewidert die letzten Milliliter ins Klo. Wenn ich nur endlich wüsste, wo es langgeht. Soll doch meine Jugend vor die Hunde gehen, was bringts mir denn? So oder so: Ich spiele das Spiel nicht. Ich kann mir keine Frau klarmachen oder Liebe oder was auch immer: Auf diesem Gebiet bin ich ahnungslos wie ein kleines Kind. Ich habe noch nicht mal eine feste Einstellung. Keinen Peil, ob ich ein treuer Mensch bin oder nicht. Ich kam noch nie in die Verlegenheit. Habe niemanden geliebt außer meinen Hund, und der ist tot.

Ich muss einen echten Cut machen, auf die Karriere scheißen, mir wieder eine ordentliche zweifarbige Frisur zulegen und einen spannenden Job. Ich will ja arbeiten, ohne Ende reinhauen will ich, es gibt für mich nichts Schlimmeres als Rumsitzen; Pausen vom Leben ertrage ich nur im Rausch, und mein Dasein in den letzten Jahren begreife ich als eine einzige Pause vom Leben.

Mein klares Wochenende

Hotel Elbflorenz, Dresden. Meine erste Dienstreise begann ziemlich verplant. Dabei hatte ich bereits am Freitagabend alles eingepackt: Klamotten, Waschzeug, Laptop, MP3-Player, Reiseproviant und -lektüre. Und natürlich die Tickets für Hin- und Rückfahrt. Ich nahm eine Rohypnol und legte mich schlafen.

Am Samstagmorgen holte ich die Tickets noch mal aus dem Koffer und schrieb mir auf, an welchen Gleisen ich würde umsteigen müssen. Den Zettel schob ich in meine Hosentasche; dann schloss ich hastig den Koffer, steckte die Kopfhörer ins Ohr und ging los.

In Berlin Südkreuz suche ich verzweifelt nach Gleis 19. Irgendwas habe ich da falsch notiert. Um elf steige ich auf Gleis 3 in den ICE nach Leipzig. Ich habe einen schönen Sitzplatz reserviert, das Wetter ist wunderbar frühlingshaft, Jimi Hendrix' *:blues* gibt mir Schwung. Alles ist gut, es kann losgehen. Zunächst werde ich meine Großeltern in Sachsen besuchen, ab Montag dann für zwei Tage in unserer Dependance in Dresden arbeiten. Ich freue mich darauf. Mein Blick schweift vom Fenster ins Abteil und zurück. Peace.

Am Ende des Abteils sehe ich den Schaffner näher kommen. In meiner Tasche sind die Tickets, vor dem Laptop. Oder doch hinter dem Laptop? Scheiße, etwa in dem Vorderfach? Nein, sie müssen im Koffer sein. Hastig durchwühle ich auch dort alles. Als der Schaffner mich erreicht, weiß ich zu hundert Prozent dass ich die Tickets nicht dabeihabe. Widerstrebend fülle ich die Zahlungsaufforderung aus und schalte die Mucke auf Jeff Mills. In Leipzig kaufe ich mir ein Ticket nach Berlin und gebe meiner Oma Bescheid, dass es später wird. Um kurz nach zwei schließe ich wieder meine Wohnung auf und tatsächlich: Die Tickets liegen auf dem Tisch.

Ich fahre wieder nach Leipzig. Es stört mich nur noch marginal, dass meine Online-Tickets nur zusammen mit der Kreditkarte gültig sind, die ich nicht dabeihabe. Ich fülle die zweite Zahlungsaufforderung für die Strecke Berlin – Leipzig aus und schalte die Mucke auf DJ Rush.

Tatsächlich ist die ganze Finanzscheiße nebensächlich, denn ich fühle mich gut. Ich fahre diesen seltenen, klaren Film, dieses verliebte Kitzeln, ein bisschen wie Acid. Es ist sehr verspulend: Einerseits ist es irgendwie so wie eine Reise ins Ausland, spannende neue Eindrücke, andere Häuser, andere Ortsnamen. Andererseits erinnert es mich auch an ganz früher, als ich hier meine allerersten Lebensjahre verbrachte; uralte Eindrücke werden von ihrer Patina befreit und durchklingen mich auf einmal wie zu Kinderzeiten. Wieder in Leipzig angekommen nehme ich den Zug nach Chemnitz. Hier habe ich einen längeren Aufenthalt, eine knappe dreiviertel Stunde. Ich beschließe die Zeit zu nutzen und mich etwas umzusehen. Der Bahnhofsvorplatz ist trist, keine Richtung scheint verlockend; und nachdem ich einmal um den

Bahnhof herumgelaufen bin und zwei Bilderbuch-Nazis gesehen habe, gehe ich wieder rein und warte auf die Regionalbahn.

Die Regionalbahn hält in jedem Kaff. Die Ortsnamen werden zunehmend vertrauter, ganz alte Gefühle schimmern durch, Aphex Twin trägt nicht unwesentlich zu meiner Verspultheit bei. Schließlich steige ich aus. Es ist zappenduster. Am Bahnsteig wartet mein Opa mit meinem achtjährigen Cousin und meiner zwölfjährigen Cousine. Jetzt im Auto merke ich erst, wie geschafft ich bin. Thema fällt mir auch keins ein. Meine Cousins sind zu jung, mein Opa zu alt. Trotzdem bin ich jedes Mal neugierig auf sie, spüre diesen zarten Zauber der Verwandtschaft und warte auf den Moment, in dem ich sie was Richtiges fragen kann.

Wir fahren noch eine Weile über die Dörfer, dann sind wir endlich im hinterletzten Kaff Sachsens angekommen. Oma steht schon in der Tür. Wir umarmen uns, ich folge ihr in die Küche und quatsche mit ihr, während sie den Kartoffelsalat anrichtet. Mit ihr kann ich gut, sie ist erst fünfundsechzig. Dann essen wir zu fünft, die Kinder fangen an, mich zu stressen, Onkel und Tante sind auf einem Faschingsfest. Nach dem Essen werden die Kinder ins Bett geschickt, Oma und Opa setzen sich mit mir in die ›gute Stube‹. »Na dann erzähl mal!«

Für meine Großeltern bin ich ein Genie, weil ich studiert habe und ein paar Sprachen spreche. Andere Maßstäbe. Ich erzähle ein bisschen, während Opa einnickt. Sein Parkinson ist schlimmer geworden. Gegen zehn verabschiede ich mich zum Schlafen in die Datscha. Dort entdecke ich in einem Schrank ein altes Photoalbum. Bilder von meinen Großeltern als junges

Paar, meine Mutter als Kind. Ich spüre Zuneigung und Trauer zugleich. Jedes Leben hat seine Brüche. Wie ahnungslos sie einen von den Fotos anblicken. Mein Opa war sehr gutaussehend, muskulös, hübsch, bestimmt beliebt bei den Frauen. Heute muss er das Glas mit beiden Händen anfassen, so zittert er. Meine Mutter flasht mich noch mehr. Ich liebe sie unendlich.

Am nächsten Tag gehen wir essen. Es kommt seit Menschengedenken nur ein Lokal in Frage: *Die Karpfenschenke*. Eine bäuerliche Gaststätte, in der man beim Betreten laut die anderen Gäste grüßt. Der Wirt ist beispiellos unfreundlich, nicht aus Bosheit, sondern aus Unwissen. Mit den Worten »So, hier, ne!« stellt er meinem Opa Zunge und meiner Oma Karpfen auf den Tisch. Nach dem Essen fahren wir bei bestem Wetter wieder zu Oma. Meine Großeltern haben ein großes Grundstück, führen seit drei Generationen ein Handwerksunternehmen. Zur Zeit läuft es schlecht. Mein Opa hat die Geschicke an meinen Onkel abgetreten, aber da er nicht ruhig sitzen kann, beschäftigt er sich permanent mit neuen Projekten. In den letzten beiden Jahren hat er aus Schrott einen Oldtimer zusammengebaut, im Moment werkelt er an einem kurbelbetriebenen Liegerad und einem Minitraktor. Mit dem will er einen Teil des Bergs abtragen und den Hang mit einer Mauer sichern. Mauern baut er sowieso gerne. Erst im Herbst hat er einen Teil des Hanges begradigt und mit einer Mauer abgeschlossen. Jetzt fehlt dort nur noch ein Swimmingpool, meint er.

Oma und Opa fahren mich gegen Abend zum Bahnhof, drücken mir noch etwas Geld in die Hand, gegen neun komme ich in Dresden an, checke im Hotel ein und penne.

Schmutz und Glanz

Hammerparty! Freitag ist Hightag, und nach dreizehn Tagen ohne Exzess kann ich mich nicht einfach so ins Wochenende verabschieden. Es beginnt in Franks gemütlichem Hippie-Zimmer, Soziologe Hannes ist auch wieder da, wir trinken Wein und spielen Gitarre. Als wir dafür zu besoffen sind, schalten wir Miss Kittin ein und einigen uns auf unsere heutige Location.

Wir fahren mit der Straßenbahn zum Berghain. Samstags ist der ganze Laden geöffnet, heute, am Freitag, nur das oberste Stockwerk: die Panoramabar. Die Türpolitik ist ziemlich hart und willkürlich, Hannes ist schon zweimal nicht reingekommen. Mit entsprechendem Respekt nähern wir uns ›Eisenmann‹, dem bis zur Unkenntlichkeit gepiercten Türsteher. Diesmal geht alles gut, wir zahlen den auf dem Schild geforderten Eintritt (»8 Euro – no discussions«) und steigen vorfreudig die Treppen hoch in den dritten Stock.

Auf der Tanzfläche ist noch wenig los, der DJ macht sich gerade warm, wir holen uns ein Bier und halten Ausschau nach einem Pusher. Ein guter Ort dafür ist der Raum vor den Toiletten. An der Wand sind Stühle zum Runterklappen, wir nehmen Platz, rauchen und checken im gemütlichen Rotlicht die Lage. Neben uns sitzt Chad, ein langhaariger Musiker aus New York, wir unterhalten uns über amerikanische Kultur und Drogen. Ich bitte ihn, mir mal ein richtig krasses englisches Schimpfwort zu verraten. Zuerst kommt er mit ›Motherfucker‹, ›Cocksucker‹, ›Dickhead‹ und solchem Kinderkram, aber ich winke gelangweilt ab. Was richtig Übles, bitte. »Okay«, sagt Chad. »If you really wanna offend a girl, you gotta call her a ›hoebag‹«. »Hoebag ...« Wiederhole ich nachdenklich. Ein Mädchen geht direkt an uns vorbei, »Hoebag!«, probiere ich spitz, und Chad prustet sein halbes Bier auf den Boden.

Ab und an stehe ich auf und mache meinen Rundgang auf der Toilette, um nach Chemie zu fragen. Schließlich treffe ich einen angegrauten Latino, der mir sieben Teile klarmacht. Zwei gehen an Frank, eins an Hannes, eins an das Mädchen neben Hannes, zwei in meinen Magen und eins an Chad. Rot, glasiert und bitter: Das könnte was werden!

Es dauert nicht lange und in meinem Gesicht baut sich die typische Spannung auf, mein Kiefer malmt, die Optik wird verwaschen, der Sound kommt aus meinem Hinterkopf, jeder Atemzug lädt kitzelnde Energie in alle Zellen.

Auf einmal setzt sich ein dickes Mädchen vor mich auf den Boden und stellt sich als Minnie vor. Sie hat lange schwarze Locken und ein grobes Gesicht. Mit leicht hessischem Akzent fragt sich mich etwas, ich weiß nicht mehr genau, was, aber es ist anzüglich. Ihre Züge sind etwas herb, und so frage ich Hannes leise: »Ist das ein Mädchen oder ein Junge?« Im Berghain weiß man nie so genau. »Mädchen«, urteilt Hannes. »Falsch«, sagt Minnie. Dann stehe ich zwischen lauter Feierleuten auf der Damentoilette, den Rücken und die ausgebreiteten Arme an der Wand, Minnie küsst zumindest wie ein Mädchen und drückt keck ihr Knie in meinen Schritt. »Du bist so eine geile Sau, Airen!« Sie zerrt mich in eine Kabine, und ich flüstere: »Jetzt lassen wir uns aber mal richtig Zeit!« Sie bläst verdammt gut, und es macht mich übelst an zu sehen, wie mein harter Schwanz in ihren Mund gleitet. Minnie hat sogar Brüste, angeblich seit ihrem vierzehnten Lebensjahr und das ohne Hormone. Sie holt einen Gummi aus ihrer Handtasche, schiebt ihn mir drüber und bückt sich auffordernd. Transen kann ich ficken, zumindest wenn ich drauf bin. Doch irgendwas klappt nicht, vielleicht weil ihr Arsch so fett ist oder weil ich so drauf bin, wir lassen das, und sie saugt noch mal an meinem Schwanz. Dann küssen wir uns wieder, ich umarme sie ganz eng, stolpere hinaus und beichte alles Hannes. Die Party hat noch nicht mal angefangen.

Jetzt bin ich wirklich drauf wie ein Schnitzel. Mindestens eine Stunde verbringe ich labernd auf der Toilette, gebe ungebeten Gedichte zum Besten und spule wahllos das »Wo kommst du her, wie heißt du, was machst du?«-Programm ab. Ich komme mit Briten ins Gespräch, Musiker, dabei steht ein dunkelhaariges blasses Mädchen, groß, schlank, kinnlanges Haar und stylischer Pony. Ich vergleiche sie gleich mit Emily the Strange, ja, ich glaube, das waren meine ersten Worte zu ihr: »Man, you really look like Emily the Strange!« Sie ähnelt Emily the Strange nicht im Geringsten.

Sie kommt aus dem Black Forest, wir können also deutsch reden, das Gespräch ist aber gleich wieder vorbei, denn irgendwer muss irgendwohin, in meinem Kopf gehts eh rund, ich merke mir nur: Sandra, vierunddreißig Jahre. Sie sieht jünger aus.

Auf dem Dancefloor geht es mittlerweile richtig ab. Der Beat ist knackig, four on the floor, die Crowd begrüßt schreiend jede neue Platte, und ich tanze so geil wie noch nie. Ich denke an gar nichts, die Musik strömt vom Kopf in den Bauch und lässt von dort das pure Glück bis in den hintersten Winkel meines Körpers fließen. Die Blicke sind mir heute egal, im Grunde genieße ich die Aufmerksamkeit, ich kann nur lachen. Sandra grüßt von der anderen Seite des Dancefloors. Was für ein Fest!

Dann ist es ruhig. Ich stehe in einer dunklen Toilettenkabine, es ist sauheiß und ich schwitze. Ich bin nicht allein. Vor mir kniet der Schatzmeister eines ostdeutschen Finanzverbandes und wartet darauf, dass ich ihm in den Mund pisse. Keine Ahnung, wie es zu dieser Situation gekommen ist. Keiner sagt was. Es herrscht eine gespenstische Stille. Er schweigt, weil er meinen Schwanz im Mund hat und ich, weil ich nicht weiß, was man in so einer Situation sagen soll. Allerdings ist mein Körper viel zu verspannt vom Speed; es kommt nichts. Wir warten. Nach einer Minute breche ich ab: »Nein Mann, das macht keinen Sinn, ich bin viel zu drauf, um zu pissen«, und versuche, meine Hose wieder hochzuziehen. Der Typ insistiert: »Ach komm, versuch's noch mal, entspann dich, lass dir Zeit.«

Na gut.

Wieder Stille. Ich versuche, mich zu entspannen. Die Sekunden tröpfeln dahin ... Der Typ blinzelt. Ich konzentriere mich auf meine Blase. Ich muss überhaupt nicht pissen.

Ich weiß auch nicht, was heute los ist, andauernd tanzen mich irgendwelche Mädchen an. Eine schmeißt mich fast um mit ihrem Hintern. Wie immer kann ich die Situation nicht wirklich handeln und will es heute auch gar nicht. Die Musik und das Tanzen sind des Genusses genug.

Und immer wieder sticht Sandras Lächeln aus der tanzenden Menge. Sie ist wirklich schön. Ihre kräftigen schwarzen Haare, ihre dunklen, melancholischen Augen, ihr großer, perfekt geformter Mund, die schönen Zähne: Sie ist so was von mein Typ. Immer wieder treffen sich unsere Blicke, ich kann nur grinsen, auch weil die Musik mich so glücklich macht.

Gegen 8 Uhr morgens lassen meine Kräfte nach. Hannes ist längst weg. Schade, denn die Musik wird gerade richtig gut: funky, minimal und trotzdem fett. An der Bar im Nebenraum entdecke ich Frank, der noch immer mit Chad aus New York labert. Wir machen Kassensturz und kommen zu dritt auf 5 Euro, mit denen ich mich sofort auf die Suche nach Drogen mache. Leider ohne Erfolg. Also chille ich mich auf ein Sofa neben dem Dancefloor und beobachte die Tanzenden. Es sind lustige Leute da heut. Im Alltag nagt an meinem Ego oft das Bewusstsein, ein schräger Vogel zu sein. Aber vormittags in der Panorama Bar gibt es nur schräge Vögel. Jedes Mal wenn ich wieder jemanden auf dem Boden krabbeln oder entrückt zu dieser geilen Musik tanzen sehe, fühle ich mich zu Hause. Egal wie verpeilt man ist: Im Berghain gibt es immer jemanden, der noch verpeilter ist. Gerade als ich mich noch einmal auf den Dancefloor wagen will, kommt mir Ole entgegen. Ole ist ein hübscher dunkelhaariger Schwede Anfang zwanzig, mit dem ich auf der Toilette ein nettes Gespräch geführt hatte. Ich frage, ob er vielleicht noch etwas Pep habe. »Ja. Wir können noch was ziehen gehen. Sehr gerne sogar.«

In der Kabine setze ich mich auf den Klodeckel, lehne meinen Kopf gegen die Wand und stöhne: »Ich bin echt am Ende.« – »Nein, das wollen wir natürlich nicht.« Er schüttet etwas Speed in einen geknickten Berghain-Flyer und reicht ihn mir. Ich ziehe alles auf rechts, das Zeug ist verdammt rein, dann meint Ole: »So, jetzt ist nur die Frage: Nehmen wir noch eine Pille oder etwas MDMA-Pulver?« Wir nehmen die Pille. Ich bedanke mich bei Ole und merke mir seine E-Mail-Adresse.

Dann gehe ich wieder auf die Tanzfäche, mittlerweile ist es neun. Sandra steht auf einmal neben mir und reicht mir wortlos ihr Glas WodkaBull. Ich ziehe kurz an dem Strohhalm und bedanke mich mit einem Lächeln. Ich tanze weiter und muss sie wieder ansehen, sie ist mir so was von sympathisch, ich muss sie jetzt einfach ansprechen. Ich gehe zu ihr und frage: »Magst du noch ein bisschen ratschen?« Sie lacht »Ja!« und ich gehe los und sie folgt mir. So easy ist das? Ich gehe an der Bar vorbei, dort sind Bänke, alles frei; ich kann mein Glück nicht fassen, als sie immer noch hinter mir ist. Wir setzen uns, und ich beginne: »Ich glaube, ich habe schon wieder fast alles vergessen, was du mir vorhin gesagt hast.« Sie erzählt, dass sie gerade aus UK komme, wo sie im Marketing für eine große Handelskette gearbeitet und deren Store Concept mitentworfen habe. Das wird ja immer besser. Jetzt sehe ich ihr Gesicht von ganz nahem, und erstens haut mich das um, und zweitens schaut sie so viel jünger aus als vierunddreißig. Ich frage, ob sie mir ihre Hand geben mag, und dann spiele ich mit ihren Fingern, auf Ecstasy macht das unheimlich Spaß, zugleich die Energie aus den Händen abzulassen und die fremde warme Haut und die Kraft des anderen zu spüren. Es ist eine ganz sanfte Atmosphäre zwischen uns. Weiter vorne sehe ich Minnie besoffen an der Bar sitzen. Ich erzähle Sandra, dass ich voher mit ihr rumgeknutscht habe. »Wusstest du, dass sie ein Mann ist?« – »Ja.« – »Aber du bist nicht schwul, oder?« – »Nein, aber ich war so drauf, dass ich auch ein Pferd geküsst hätte. Aber es gibt viele, die mich für schwul halten.« Sie zögert einen Moment. »Wahrscheinlich weil du so schön bist.« Ich grinse skeptisch und nehme wieder ihre Hand. Zwei Türsteher zerren einen Bewusstlosen an uns vorbei, vermutlich Liquid Ecstasy. Eine Freundin von Sandra setzt sich zu uns und reicht mir einen brennenden Joint. Während ich ziehe, trippelt Minnie vorüber und schaut mich dabei erwartungsvoll an. Ich sehe sie kurz an und dann an ihr vorbei. »Ich bin so ein Arsch …«, murmle ich, und Sandra lacht. Wir reden über Eltern, Sport und Beruf; zwischenzeitlich labere ich sie, glaube ich, ziemlich zu. Dann gehen wir eine Runde tanzen. Kurz darauf sitzen wir wieder auf einem Sofa, Sandra kramt nach kurzem Gesuche ein Tütchen Gras aus der Hose, ich soll bauen. Währenddessen holt sie einen Drink, da setzt sich Minnie neben mich: »Wollen wir noch mal knutschen?« – »Nee, das geht nicht mehr.« – »Wieso nicht?« – »Anderes Mädchen.« – »Wer denn?« Wie zur Antwort erscheint Sandra. Minnie zieht ab, und wir rauchen die Tüte. Wir sitzen wieder ganz eng, wieder Hand in Hand, dann meine Hand an ihrem Knie, dann geht der Sound ab, und ich muss tanzen. Sandra holt

Wasser für uns beide. Als sie zurückkommt, frage ich sie, wann wir gehen wollen. Ich setze ihr Einverständnis voraus, natürlich gehen wir hier zusammen raus, das ist vollkommen klar in diesem Moment. »Um elf«, meint Sandra, »also in einer halben Stunde.«

Das nächste Wasser soll ich holen, aber ich verlabere mich auf der Toilette. Mit eingeschrumpeltem Amphetaminschwanz stehe ich vor der Pissrinne und kann vor lauter Draufheit schon wieder nicht pissen. Stattdessen schwalle ich ohne Punkt und Komma den Glatzkopf neben mir zu. Irgendwie nimmt der mich aber nicht ganz ernst und fragt schließlich: »Magst du mir einen blasen?« –«Zufälligerweise nein.« Und da fällt mir ein, dass Sandra seit mindestens einer Stunde auf das Wasser wartet. Als ich sie wieder auf dem Dancefloor entdecke, schaut sie erstaunt. Ich war wirklich ewig weg.

Jetzt ist es bestimmt schon zwölf, und ich frage Sandra noch mal, wann wir denn gehen wollen. »Ich gehe zu meiner Freundin«, sagt sie und für einen Moment schaue ich verdammt traurig drein. Dann überspiele ich: »Warum muss die Musik nur am Ende immer so geil werden?«

Ich geh weitertanzen. Kurz darauf fasst Sandra mich am Arm, sie will sich verabschieden. Ich begleite sie raus in den Vorraum, aus dem Treppenhaus strahlt schon die Mittagssonne. Wir sind beide ganz schön abgefeiert. Ich bedanke mich für die schönen Stunden und wünsche ihr alles Gute. Sie umarmt mich, dreht sich weg, und ihre Silhouette verschwindet im Licht. Was für ein Drama.

Ich muss inzwischen echt fertig ausschauen, meine Haare sind eine einzige nach hinten geklatschte

Masse. Alle paar Minuten kommt jemand zu mir und bietet mir einen Schluck von seinem Wasser oder Bier an. Eine Frau um die vierzig will mich sogar dazu zwingen, aber ich winke ab. Schließlich löst sich ein großes hübsches Mädchen mit Cowboyhut aus der Masse, geht direkt auf mich zu und fragt: »Darf ich dich küssen?« Schon im nächsten Moment berühren sich unsere Münder, ich schließe die Augen, weiche ein winziges Stück zurück, noch ein Kuss, ganz zart streichen unsere Zungenspitzen übereinander, dann noch ein Kuss, und schon ist sie wieder in der Menge verschwunden. Was bitteschön geht heute eigentlich ab? Ich geh noch mal Wasser holen und setze mich auf die ausklappbaren Sitze, auf denen der Abend begonnen hat. Neben mir ein Fußballtrainer aus Norddeutschland, etwa mein Alter, er rappt mir was vor, dann erzählt er: »Ey, heute ist mir was ganz stranges passiert. Da kam son Mädel mit Cowboyhut an und fragt mich, ob sie mich küssen darf, und schon im nächsten Moment steckt sie mir ihre Zunge in den Hals. Ich hatte aber grad son Pappmaul, weil ich grade nen Joint geraucht hatte. Mann, die war *sooo* geil, die Alte!«

Langsam geht die Party dem Ende zu, die Mucke wird verdächtig langsam, es sind vielleicht noch dreißig Leute da, die meisten stehen orientierungslos da und zucken von Zeit zu Zeit im Takt. Punkt 13 Uhr geht die Musik aus, kurzes Klatschen, dann schwanke ich die Treppe hinunter, die Füße leer, die Kehle durstig. U-Bahn geht gar nicht mehr, mit letzter Kraft schaffe ich es zum Ostbahnhof und hebe Geld ab, dann ab ins Taxi, der Schweiß läuft mir in Bächen, ich habe nur noch Durst und will nach Hause, das Pep von dem Schweden war viel zu krass, dann, in meiner

Wohnung, duschen, hinlegen, der Puls auf hundertdreißig, absolute Leere, Party over.

Doch nur einen Tag später geht es mir gut. Auch wenn eigentlich nichts passiert ist: Es hat mein Herz aufgeweicht, wenn auch nur für ein paar Stunden; und tief in mir steckt eine neue Hoffnung: dass ich irgendwann so eine Frau lieben werde.

Beben

»Die Erde bebt, das Berghain tanzt«, schreibt Rainald Goetz, meine Lippen beben, ich tanze auf Laminat, ein richtiges Erdbeben, mein Mund, jedes Fältchen ein Krater, gedacht, um zu küssen, alleine nur ein sehnender Mikrokosmos, kosmischer, je mehr ich allein bin.

Wodka am Donnerstag; widerspenstig die Fotzen von der Arbeit allein auf die After Work Party geschickt, leckt meinen After; Arbeit ist was anderes und Party sowieso. Habt ihr schon mal was von Funk gehört? Funk gefühlt??? Die Fotzen auf Arbeit sind es mir selbst beim dritten Versuch nicht wert, über sie zu schreiben. Schon mal was vom Distortion-Gott gehört, dem Gott, der mir regelmäßig auf Pille das Hirn rausfickt? Der ist gerade zu Besuch in meiner Wohnung und lässt die Erde beben. Tjahaha!

Tanzt erst mal eure zehntausend Stunden ab und verdient euch die Gold Card, hier hat verdienen nichts mit Dienen zu tun, im Gegenteil, hier tanzt das vernachlässigte Unterbewusstsein, der Wille zum Spaß, die Gelegenheit zur Ekstase. Wie bitteschön habt ihr euch das also vorgestellt mit dem Leben? Blöde Frage? Kurzfristige Ziele and the Lust for Maximization? Dann komm ich euch mal ganz kurzfristig und maximiere den Flash, wer ist jetzt noch dabei?, und zeig euch ne Muschi, von mir aus ne schwarze, das Zimmer ist halbwegs aufgeräumt und ungenügend dekoriert, die Lust an der Wahrheit und DJ Pierre, der Funk-Gott und Volume auf zehn.

Ha – ha – haha!

Ich sitze und schreibe und lache, weil es Donnerstag ist, weil ihr mich ab morgen mal alle am *Arsch lecken* und mir den Fellatio meines Lebens verpassen könnt, wenn ihr könntet, so lass ich gern die Nummer Eins raus, so platzt mir der Kragen aufs Genüsslichste. Ich sitze gerne alleine hier, ich selbst, *ich selbst* und der Finger auf der Shift-Taste, im Osten nichts Neues, und Berlin kann auch *im* Kontakt zur Realität im vermessensten Sinn *versuchen* klarzukommen …

Mal wieder ...

Mein Gesicht ziert eine frische kleine Narbe. Über eine Länge von drei Zentimetern zieht sie sich entlang der linken Kinnkante, schlägt dabei zwei abrupte Biegungen und läuft dann fein nach unten aus. Wie sie dahin gekommen ist, kann ich beim besten Willen nicht sagen.

Die erste Erinnerung mit blutendem Kinn ist die, dass ich mit Handschellen an einer Hauswand in Kreuzberg stehe. Es ist die Oranienstraße, wahrscheinlich irgendwo in der Nähe des SO36, denn da wollte ich eigentlich feiern gehn. Jetzt haben mich also mal wieder die Bullen und stressen, nachdem sie meine Daten durchgegeben haben, mit den üblichen Fragen: »Haben Sie irgendwelche Drogen genommen?«, »Wirklich nicht?«, »Sie haben aber sehr große Pupillen!« Diesmal find ichs echt scheiße. Was ist eigentlich los? Irgendwas mit einem Auto. Ich weiß es nicht mehr so genau; irgendwie soll ich eines beschädigt oder mich anderweitig daran zu schaffen gemacht haben. Ganz ehrlich glaube ich nicht, dass ich das war; Autos interessieren mich nicht, ich habe keinen blassen Schimmer, wie man eins aufbricht; auch neige ich nicht zu Gewalt.

Dann kommt ein Krankenwagen, ich will nicht, der Bulle schubst von hinten: »So jetzt, rein da!«, dann klebt man mir ein Pflaster aufs Kinn. Schließlich entlässt man mich mit der Aufforderung, mich nach Hause zu begeben.

Die nächste Erinnerung ist, dass ich durch Mitte laufe, und zwar richtig Mitte; Unter den Linden, Höhe Humboldt-Universität. Eine gute Strecke mit Acht-Zentimeter-Plateauschuhen, ich wollte tanzen gehen. Immer noch total besoffen, lalle ich irgendwas vor mich hin, das bei genauerem Hinhören klingt wie »Ich hasse die scheiß Bullen, Alter, echt.« Leider habe ich kein wirkliches Ziel; das nächste Taxi finde ich erst am Hauptbahnhof. Heute, vier Tage später, tun mir meine Füße mehr weh als mein Kinn. Um vier bin ich schließlich zu Hause, mein Portemonnaie ist leer und mein MP3-Player weg.

Als ich aufwache, checke ich als Erstes meine Fingerkuppen: keine Tinte. Dann meine Armbeuge: kein Einstichloch. Also auch keine Anzeige. Auf in die Arbeit!

stock-bi

Das Telefon klingelt: »Hey alter Oberpunker Fotzenlecker!« Meine Fresse. Das ist ja wohl nicht etwa … »Bomec?« – »Jaaa!«

Die depressive Stewardess kommt gerade direkt aus der langen Schlange vor Christa Wolfs Lesung und braucht jetzt eine alternative Abendbeschäftigung. Ich bin dabei, ich bin schon breit für drei, kurzes Beauty-Programm und ab zur Bushaltestelle. Dort wartet bereits das Interview mit Radio Eins Live: Nach dem Girl's Day kommt jetzt der Boy's Day. »Welchen typischen Frauenberuf würdest du gerne für einen Tag ausüben?« Passt ja wunderbar zu meinem Date. Zuerst fällt mir nichts ein, Prostituierte gilt nicht, der Typ will mir schon was diktieren, da kommts mir: (Mikro unter der Nase) »Klofrau!« – »Und warum?« – »Man arbeitet nachts, kommt umsonst in den Club und sieht die Party von einer ganz anderen Warte, da niemand einen beachtet.« Alles klar, da kommt mein Bus.

Am Nollendorfplatz laufe ich erst mal an Bomec vorbei. In der braunen Lederjacke schaut er echt aus wie ne Hete. Kurze Begrüßung, wo solls hingehen? Victoria Bar, Octavian-Style. Bei dem scheiß Wetter gönnen wir uns ein Taxi für die paar Meter.

Drinnen gibts Hemingway Daiquiris, Gin Mai Thais und'n edles Klo. Angesoffen checken wirs raus. Auf dem Weg zur nächsten Bar folgen grundsätzliche Gespräche. Bomec teast: »Aber du bist ja hetero!«

Wir gehen in sone Normalo-Schwuli-Bar und heben noch einen. Sobald ich die Augen zumache, dreht sich alles. Bomec schaut verdammt gut aus, ich will ihn küssen, aber laber von der Band und der Arbeit und so. Der Laden wird langweilig, und wir checkens ins Tom's, son Darkroom-Laden. Bomec ist auch so ein ultraneugieriger Typ, der sich seine Kicks aus der Erforschung des Unbekannten holt. Auf der Großbildleinwand ficken sich lauter gleichaussehende Typen in den Po. Ich finds lustig. Mittwoch Nacht um halb eins. Wir kaufen uns zehn Minuten am Kicker, ich verliere haushoch und kanns diesmal gar nicht auf mein Desinteresse an Ballspielen schieben; viel eher auf Bomecs Parfüm, meinen Pegel und die Pornos. Mittlerweile trinken wir Wodka on the rocks, doppelte. Noch einen? Nö, lass uns checken! Draußen, mitten auf der Straße, küssen wir uns plötzlich. Ich finds schön. Bomecs Hände an meinem Arsch, bitte noch ein Kuss: »Aber verlieb dich bloß nicht!« Bitte??! Ich bin doch hetero. Bomec nimmt die U-Bahn, ich irre durch Schöneberg, laufe ewigst eine Straße entlang und entscheide mich schließlich für ein Taxi, das die ganze Straße wieder zurückfährt. Ab zur Bank. Wieso hab ich immer noch Dispo? Ich hab doch extra angerufen!

Ich klingel wieder in meinem Stammpuff. Das Schloss surrt, und ich geh die drei Meter bis zur Bar. Dort stehen zwei Mädels und zwei alte Typen, die rauchen. Ich würdige niemanden eines Blickes, bestelle bei der Puffmutter eine Cola und fläze mich auf das rote Samtsofa. Heute bin ich mindestens genauso besoffen wie beim letzten Mal. Die Puffmutter – blonde Locken, burschikoses Top – kommt mit der Cola und setzt sich neben mich. Ich soll mir eine von den beiden aussuchen. Die Rechte seh ich nicht so richtig, weil die hinter ner Säule steht, also nehm ich die Linke. »Die kann aber nur Bulgarisch und Griechisch.« – »Ich fick dich gleich griechisch, Alte«, denke ich. Sie kommt und stellt sich vor, Kali Spera, jetzt sitzt sie rechts und die Puffmutter links. Irgendwie ist mir die Alte ziemlich egal, ich bin das Gegenteil von schüchtern, is mir jetzt eh alles wurscht. Die Puffmutter zählt die Preise auf, Quicky vierzig, halbe Stunde sechzig, ich will ne ganze Stunde und bin mit 100 Euro dabei. Mein ganzes Koksgeld, goddamn.

Ich bezahle die Puffmutter und checks mit der Lolita ins Treppenhaus. Jetzt seh ich erst, was ich mir da geholt habe: Zierlich, schwarzhaarig, keine zwanzig und olivfarbene Traumbeine, die nur von einem schwarzen Schleier verhüllt werden. Viel zu schade für so eine dichte Aktion: Sex mit so einem Mädchen will zelebriert werden. Diesmal landen wir in einem anderen Raum. Ich leg mich aufs Bett, sie zieht sich gleich aus. Ich küsse ihren Körper, ihre ultrazarte Haut, die überall die gleiche ist: an den Waden, an den Schenkeln, am Bauch und am Po, zwischen ihren Schulterblättern, auf ihren Brüsten und sogar unter ihren Achseln. Nur an ihre Muschi lässt sie mich nicht, ich glaub, ich kotz, aber alles Zeigen und Bitten führt immer wieder zur gleichen Antwort: »Nooo.«

Schließlich krieg ich einen Gummi drübergezogen, sie will mir einen blasen, aber mit Kondom ist das echt witzlos, also setzt sie sich auf mich, bringt sich kurz in Position und rutscht zur Hälfte auf meinen Schwanz. Traumfrau. Alles an ihr ist klein und doch prall. Ich halte die Stellung nicht lange aus, gehe nach oben und fick sie richtig. Kurz darauf denke ich: »Jetz oder nie!« und komme, mein Gesicht in ihren Haaren. Auf dem Küchenwecker sind noch dreißig Minuten angezeigt. Sie sagt was von »Massage«, okay, lege ich mich hin, aber sie meint das wohl andersrum. Also betaste ich ihren Körper, die Frau ist echt der Hammer, ich gleite über Arsch und Rücken, streichle über Hüfte und Nippel. Es dauert nicht lange, und ich werde wieder geil. Mit Händen, Füßen und Schwanz bedeute ich ihr, dass es jetzt noch mal losgeht. Zuerst ziert sie sich, aber Baby, so leicht hast du dir den Schein jetzt nicht verdient. Ich ficke grottenschlecht, zittere hilfos auf ihr rum und gebe irgendwann auf. Wieder neben ihr, kommt auf einmal die Puffmutter rein und labert was von wegen »time over«. In den Puff komm ich nie wieder.

Wieder zu Hause, haue ich ne Pizza in den Backofen, mixe mir nen Wodka-Orange und schreibe den zusammenhangslosesten Text meines Lebens. Ich erwache zum Geruch vollständig verkohlter Mozzarellapizza, kämpfe mich durch beißende Rauchschwaden bis in die Küche durch, Ofengriff abgefallen; ich taumle zurück Richtung Bett. In drei Stunden klingelt der Wecker ...

Becks 'n' Zwiebelmettwurst

Ein Tag Urlaub. Seit drei Tagen nur kiffen. Um 5 Uhr nachmittags kämpfe ich mich aus dem Bett. Ich habe keine Zigaretten und keinen Alk und irgendwie auch nichts zu essen. Als ich die paar Meter zum Plus gehe, erfasst mich wieder dieses Retro-Berlin-Feeling.

Sonne, Verpeiltheit, Aufregung. Aufwachen zur Abendsonne. Über Monate hinweg. Schranz. Berlin. Das Leben. Beck's und Zwiebelmettwurst.

Ich gehe die Treppen zur U-Bahn runter. Zum bestgeöffneten Lidl Berlins. Montag bis Sonntag, 8 bis 22 Uhr. Underground. Es riecht nach Zigarettenkippen, nach Hundepisse und nach ausgekotztem Alkohol. Eigentlich stinkt es, aber wir sind in Berlin, und da ist das eben einfach nur Geruch. Im Augenwinkel sehe ich zwei junge Typen diskutieren, einen Araber und einen Türken. Mir egal. Dann hält der Araber ein Tütchen in der Hand, mein Blick, geeicht: Gras. Ich schalte mich ein: »Wie denn, Alter, habt ihr hier was zu verkaufen?« Ich wohn eigentlich nicht in so einer Gegend. Der Araber blinzelt unter seinem Basecap hervor. »Ya Mann, gutes Gras!« Er ist etwas kleiner als ich, hat die Haare zum Zopf gebunden und schaut mich mit seinem rechten Auge an. Das linke ist milchig, blind.

Zuerst schaue ich ihm immer dahin. »Okay Mann, zeig mal her, wie viel gibstn du fürn Zehner?« Er gibt mir ein kleines, gut gefülltes Zipperbag, ich schätze mal ein gutes Gramm. »Sind einskommavier Gramm, Digger.« »Mann Alter, das sind doch nie und nimmer einskommavier, Mann!« mäkel ich, aber geb ihm die 10 Euro. Er schreibt mir seine Nummer auf den Flyer einer Orthopädischen Gemeinschaftspraxis in Alt-Buckow, am 12. Dezember hatte er dort um 11 Uhr einen Termin. »ALI« setzt er daneben.

Jetzt bin ich hier in Berlin Schöneberg vor meinem Laptop, mit DJ Rush und Beck's und einem guten Zwiebelmettwurstbrot, ich bin verdammt breit, und es ist schon wieder verdammt warm für diese Jahreszeit. Die Sonne scheint! Das Leben lässt sich nicht verleugnen. Es zerrt noch viel stärker.

Junction

Ich komme um neun mit einem notdürftig weggesoffenen Kater in den Laden, noch kaum Publikum da, Frank sitzt mit ner Akustikgitarre auf der Bühne und macht Soundcheck. Wir begrüßen uns, und er sagt: »Lucy ist auch da.« Frank weist auf einen Tisch neben der Bühne; da sitzt sie, und ich weiß: Heute werden wir uns küssen. Ich setze mich zu ihr, ganz normal; und einen Moment lang ist es komisch, denn seit dem letzten Treffen vor zwei Monaten hat keiner von uns etwas von sich hören lassen.

Seitdem wir uns im letzten Herbst das erste Mal wiedergesehen haben, nach sieben Jahren, ist sie nicht richtig aufgetaut. Eigentlich ist sie so schüchtern, dass es an eine Psychose grenzt. Dabei ist sie schon hübsch, sie schreibt gut und ist klug. Aber sie ist so unsicher, so unstolz; sie scheint sich ständig zu schämen. Deswegen komme ich mir jetzt – am Tag danach – auch so scheiße vor.

Aber in der Junction Bar unterhalten wir uns gut, das Bier ist billig, ich hab schon einen sitzen, und nichts ist leichter als Konversation. Die Band fängt an, viel zu wenig Leute da, vielleicht zwanzig und davon zehn auf der Gästeliste. Aber die Band ist saugut,

Frank sowieso, und langsam wird auch Lucy besoffen. Manchmal redet sie sogar lauter als die Musik. Irgendwann kommt Jan; Lucy stellt ihn mir vor als den Webmaster und Flyer-Designer der Band. Laaanger Blick. Er lächelt schüchtern, setzt sich und sagt nichts. Als der Gig vorbei ist, kommt die Band zu uns an den Tisch, auch schon breit und euphorisiert vom Auftritt. Alles Musiker, es redet sich gut; als es ans Instrumenteeinpacken geht, ziehen Lucy, Jan und ich in den Nebenraum um. Auf das weiße Samtsofa, links von mir sitzt Lucy, rechts von mir sitzt der schwule Jan, beide ganz eng, und ich überlege, mit wem ich jetzt Händchen halten soll. Keiner sagt was. Dann erzählt Lucy leise, dass sie nicht weiß, ob sie vielleicht auch auf Frauen stehe. Probiert habe sies noch nie. Ich erzähle, dass ich es erst weiß, seitdem ich es probiert habe. »Wir reden gerade über Bisexualität«, moderiere ich mich zu Jan rüber, »wie schaut das bei dir aus?« – »Ähm, also ich bin schwul.« Ich weiß, dass Jan schwul ist, seitdem er sich zu uns gesetzt hat, spätestens, seit ich gemerkt habe, dass er meinem Blick nicht länger als drei Sekunden standhalten kann. Dann spiele ich mit seiner Hand, ganz soft und lieb, und Lucy steht auf und geht. Nach einer Viertelstunde setzen wir uns rüber zu den anderen, ich leihe mir von Lucy 10 Euro und kaufe dafür Cocktails für Jan und mich. Als ich mich nach rechts lehne, sitzt da Lucy, auf einmal spiele ich mit ihrer Hand; sage, dass ich sie küssen wollte letztes Mal, schlage vor, dass wir gehen, zu mir.

Draußen nehmen wir ein Taxi, die Fahrt wie ein einziger Moment der Erwartung, kaum sind wir auf meinem Sofa, küssen wir uns, sehen uns in die Augen verschlingen unsere Münder, ziehen uns aus. Wir machen Liebe, wir sind so im Rhythmus. Ich komme, voll Schwingung, lächelnd, besoffen und sage: »Wow, das habe ich seit mindestens vier Jahren nicht erlebt!« – »Das habe ich noch nie erlebt«, sagt Lucy.

Ich kriege Angst.

fucking dance party

Berghain. Es ist Freitag, ich wollte nicht alleine sein. Kaum bin ich drin, mach ich mir ein Teil klar, Marke Rote Omegas, schön dick. Eine Kollegin von der Arbeit entdeckt mich, Vorstandsetage, auf Koks: »Nicht wirklich!«

Mann, bin ich breit. Je besser das Ecstasy, desto breiter macht es mich zu Anfang. Ich leg mich in ein Separée, zähle mit mahlendem Kiefer runter von hundert auf null und wieder zurück, auch in Dreierrhythmen. Jemand packt mich am Bein, ich schnelle hoch, offensichtlich jemand vom Club, zu viele Zwischenfälle in letzter Zeit: »Alles in Ordnung?« – »Alles okay Mann, ich chill nur ne Runde!« – »Okay …«. Aufpassen. Jetzt bin ich drauf. Mann, bin ich drauf, auf hyperkybernetischem MDMA. Ich gehe auf den Dancefloor. Gänsehaut. Die Vocals streicheln mit rauer Hand meinen Nacken hinauf, wuscheln einmal über meinen Hinterkopf und schubsen mich ins Licht. *Bang!* Die Bedeutung von Musik. Jeder Sound will dir etwas sagen, mehr, als sein Erschaffer je meinen konnte. Ich bin eingeweiht. Der Sound und ich … das ist die direkteste Connection, das ist wie Sex, eine animalische Übereinkunft, ein jahrtausendealtes Zwinkern. Der Move fließt durch die Musik, reibt sich, entzündet sich, fliegt, verschmilzt, taucht ein, entgrenzt, beglückt. Tanzen, tanzen, die ganze Nacht nur tanzen! Techno ist mein bester Liebhaber. Die Kollegin schaut schon komisch.

Man lädt mich auf Speed ein, ich finde mich wieder in einer der Toilettenkabinen. Da ist ein plumper Typ um die dreißig, kurze Haare, und ein schlanker schwarzer Franzose, Laurent. Wir ziehen das Pep von der Klopapierhalterung. Ich greife beiden in den Schritt …

Der Blonde ist dabei. Ich setze mich auf den Klodeckel und packe seinen Schwanz aus. »Oh nein!«, stöhnt der Schwarze exaltiert. Er hat seinen Cockring vergessen. Ich sauge langsam von unten nach oben, und der Blonde meint etwas entschuldigend: »Er macht das gut!«. Ich will den Schwarzen auch, aber der sagt: »Nee, isch wüll etwas anderes eute Nacht!«, und geht raus. Ich küsse den Blonden und bin dabei so drauf, dass ich ihn fast nicht mehr sehen kann. Sein Schwanz wird langsam. Dann stehen wir und halten unsere Schwänze aneinander, ich bin so drauf, dann bin ich wieder draußen.

Dann noch zwei Teile, von der Transe vom letzten Mal. Natürlich küssen wir uns.

Ein freundlicher junger Pole, wir sind beide total verpeilt, unterhalten uns lange, unser Running Gag ist *»Amnesia!«*. Er läd mich auf polnisches Speed ein. Als er das gelbe Pulver auf der Klopapierhalterung zu zwei fetten Lines zusammengeschoben hat, warnt er: »But now you won't sleep for two days!« Ich habe das oft gehört. Ich habe das noch öfter gehabt. Ich weiß, dass es stimmt. Ich feier jetzt. *Sniffff …*

Feierabend

Freitag, 20:00 Uhr. Feierabend. Ich bin nervös. Ich brauche Gesellschaft. Ich habe morgen nachmittag Bandprobe, damit fällt Feierngehen schon mal weg. Wenn ich nicht feiern gehe, kann ich nur noch saufen gehen. Saufen gehen macht alleine keinen Spaß. Also alle anrufen. Nur zwei gehen ran, und die haben schon was anderes vor. Ich sitze also nervös alleine hier rum.

Ich habe verdammten Bock, mir was zum Rauchen zu holen. Das möchte ich nach Möglichkeit vermeiden, ich bin nämlich schon wieder drauf, ich spüre den Suchtdruck. Nach einer Woche da drüben im Delirium. Ich brauche also eine cannabisfreie Beschäftigung, die nächsten fünf, sechs Stunden.

Ich geh mir jetzt was zum Kiffen holen, ihr Fotzen, können mich doch alle mal am Arsch lecken, Alter, was geht mit der Welt ab?

Bomec ruft an. Fuck-'n'-Roll-Party am Senefelder Platz. Ich spüre das Leben zerren. Er hatn Date. Ich will mich nicht aufdrängen. Ich will leben. Ich schwitze.

Ich calle den Verchecker. Der ist heute nicht ausgestattet. Und ich bin geil auf die Kraft, die mich durchströmt, wenn ich *nicht* kiffe. Ich bin geil auf Dope.

Ich weiß es nicht. Ich brauche jetzt irgend ne Party, Mann, ey, da hätte ich am meisten Bock drauf.

Ich gehe Dope holen. Ne halbe Stunde bis zum Kottbusser Tor. Am Ende der Rolltreppe wartet ein angesoffener Türke, der allen Entgegenkommenden »Haschisch, Marijuana« entgegenruft. Als ich oben bin, zwinkere ich ihm zu: »Ich komm gleich«, und geh zum Kiosk, nen Zwanni wechseln.

Dann geh ich zu dem Typen, wir gehen hoch auf die Straße, er macht einen kurzen Call mit seinem Handy, erreicht niemanden und schlägt vor: »Okay, wir gehen jetzt einfach zu dem hin!« Bei diesem Satz klingeln ungefähr sieben Alarmglocken. Das wird ne Abzocke. »Was denn, hast du Angst?«, fragt der Türke. Da ist alles klar, der Bauch entscheidet: Abbruch, weg hier. Ich wende mich ab und steige wieder die Treppen hinab, U-Bahn-Station Kottbusser Tor, der Typ hinter mir her. Die beste Methode, sich einen hartnäckigen Dealer vom Leib zu halten, ist es, den nächsten aufzusuchen. Ungeschriebenes Dealer-Gesetz. In neunundneunzig Prozent der Fälle funktioniert das, aber manchmal kommt es auch vor, dass sich die Ticker um einen prügeln. Mit Stöcken, Afrikaner gegen Araber in der Hasenheide, Berlin-Kreuzberg, wegen 20 Euro Gras, das ist kein Jahr her. Aber mit den drei Junkies hier im U-Bahnhof geht das ganz gut. »Ick hab aba nua Stein da!«, sagt die Punkerin, während der besoffene Türke wegtrudelt. »Wie viel willste denn?« – »Ja für nen Zehner so.« Sie gibt mir eine fingernagelgroße Scheibe Hasch. Nice try. Das ist zwar auf den ersten Blick kein Standard, eher Marokk-Ei oder Pollen oder so was. Aber für nen Zehner immer noch ein bisschen wenig. Mit ein, zwei Sätzen handle ich den Touri-Aufschlag runter und hab auf einmal zwei Stückchen in der Hand. Man wünscht sich ein schönes Wochenende.

Ich denke, wenn ich schon mal hier bin, mache ich mir auch gleich noch bisschen Valium klar. Kann man ja immer brauchen. Also frage ich den nächstbesten Assi, alle die da unten stehen, haben was mit Drogen zu tun, und der ist auch gleich der Mann. Die Preise sind gestiegen. Sechzig statt fünfzig Cent die Tablette, na von mir aus: »Machma vier Stück für 3 Euro, wenn de mir noch ne Kippe dazugibst.« Keine zehn Sekunden, und die Sache ist gelaufen.

Samstag, 4:00 Uhr. Ich hab nen Joint intus und zwei Valium. In Jacke und Schuhen penn ich vor dem Fernseher. *»Hey, hier ist Bomec!«* Wieso bin ich eigentlich ans Telefon gegangen? »Ich bin im Berghain, Mann, komm vorbei, Geld spielt keine Rolle!« Voller Anstrengung antworte ich durch eine Vollbremsung Valium hindurch: »Nein Mann, es geht jetzt echt nicht.« – »Mann, Airen, hier ist voll die Party! Komm her! Die nächsten zwei Stunden erkenn ich dich noch!« – »Alter, ich komm hier grad echt nicht weg.« – »Mann, ich habe *Ketamin*!« – Verdammte Kacke. Aber sonen Flash kriegt kein Speed der Welt mehr weg. »Whoa sorry, Bomec …«

Ich bin zu breit, zu langsam. Verdammt. Am Morgen schreibt Bomec: »Sorry für die kack Anrufe. Panorama Bar war scheiße, und ich lag kotzend vor der Haustür.« Irgendwie bin ich neidisch.

Retro mal ganz anders

Ich geh in den Club, weil zwei leere Tage vor mir liegen und fünf volle hinter mir. Berghain, was sonst. Am Morgen, die Party kommt gerade in Schwung, sitze ich neben Matthew aus Ireland auf einem Barhocker. Er ist rothaarig und ein bisschen behäbig. Spielt auch Gitarre, sehr natürlich, down-to-earth. Während in unserem Rücken gerade die ersten Sonnenstrahlen durch die getönten Scheiben fallen, blicken wir den langen Gang zur Tanzfläche entlang. Ich bin high as a kite und schwalle Matthew mit Schwänken aus meinem Leben zu. Er scheint breit zu sein, hat die Augen halb geschlossen und nickt nur dann und wann zu meinen Erzählungen. Auf einmal würgt er, dann kotzt er einen riesigen roten Strahl in den Raum. Ich springe auf und renne nach Klopapier, alle Kabinen besetzt, also ziehe ich mich an der nächstbesten hoch, drinnen zwei knutschende Vietnamesen, und bitte um ein paar Blätter. Man reicht sie mir hoch, und ich renne zurück. Neben Matthew steht jetzt ein Typ, der schulterklopfend erklärt: »Ey, ich wollte dir eigentlich nur mal sagen, dass das vollkommen okay ist, wenn du hier hinkotzt.« Matthew blickt mich fragend an und wischt sich mit dem Klopapier den Mund ab, während ich übersetze.

Irgendwann, davor oder danach, keine Ahnung, bin ich in einer Kabine. Ich habe einen nietenbesetzten Cockring am Sack und einen pulsierenden 8-Incher zwischen den Zähnen. Schönes gerades Ding. Wir haben Spaß, aber egal wie er bläst, ich kriege keinen hoch. Zu viel Speed. Sein dicker Schwanz macht mich hingegen ziemlich an, und irgendwann schlag ich vor: »Lass uns ficken!«

»Nein.«

»Wieso nicht?«

»Ich ficke nicht.«

»Mann Alter, ich bin übelst geil, wir holen jetzt nen Gummi von der Bar und ficken!«

»Nein.«

»Aber warum nicht? Bist du positiv?«

»Ja.«

Ich gehe tanzen.

Erst in den darauffolgenden Tagen schiebt sich langsam das Grauen in meinen Alltag. Die Wahrscheinlichkeit ist bei Oralsex gering, aber es ist natürlich super, wenn man sich vor lauter Pep die Wangen aufgebissen hat. Wenn man hinterher einen Kratzer auf der Eichel entdeckt. Natürlich kann es auch Einbildung sein, aber irgendwie glaube ich es schon zu spüren. Wie sich Millionen Retroviren in meinen Zellen vermehren. Ich bin erkältet, das kommt noch von letzter Woche und vom Feiern, mein Immunsystem ist am Boden. Ich habe kein gutes Gefühl.

Es gibt Momente, da ist es mir egal. Ich scheiß aufs Leben. Würde ich am Leben hängen, hätte ich die letzten Jahre nicht so gelebt, wie ich es getan habe. So viel Kack, wie ich gemacht habe: Ich habs verdient.

Dann gibt es diese Momente, in denen ich

merke, dass ich trotz allen Nachdenkens in den letzten Tagen noch gar nicht verstanden habe, um was es geht. HIV, Aids, der schlimmste gesellschaftliche Stempel und ein qualvoller Tod. Die Eltern auf der eigenen Beerdigung. Es darf einfach nicht sein.

Ich kann nur warten. Sechs Wochen.

In der Hölle

Montagnacht, besser Dienstagmorgen um drei, ich sitze in der Ringbahn und fahre meinem Schicksal entgegen. Die Party vom Samstag steckt mir noch hart in den Knochen, das ist eine Untertreibung, ich habe ein Grad Fieber sowie ein knappes Promill Alkohol im überhitzten Blut. Bomec hatte am Nachmittag angerufen. »Heute ist ›Tanz in den Mai‹ im Berghain«, meinte er, sein Kumpel Jacques aus den Staaten sei auch am Start, ob ich nicht Bock hätte mitzukommen.

Es geht ums Prinzip, um meine Feierehre, um eine ganze Menge Gehirnzellen und ein bisschen um die Musik. Die ganzen Residents aus dem Berghain sollen auflegen. Als er anruft am Montagnachmittag, bitte ich mir noch Bedenkzeit aus. Ich bin gefickt bis in den letzten Winkel meines kaputtgefeierten Körpers, aber gegen Mitternacht habe ich ausgeschlafen und fühle mich bereit. Im Grunde kann ich heute nicht zu Hause bleiben. Was auch immer das Fieberthermometer sagt.

Jetzt sitze ich also in der Ringbahn. Meine Umgebung ist weich wie Wachs, und ich kann nicht sagen, ob es am Fieber liegt, an den drei WodkaBull oder immer noch an den Nachwirkungen der krassen

Party vom Samstag, besser Sonntag, also gestern, irgendwie. Fit ist jedenfalls was anderes.

Ich kämpfe mich durch den gewohnten Weg. Berlin Ostbahnhof, Straße der Pariser Kommune, Industriegelände. Hinter den Lagerhallen erscheint schon das Berghain, aus dem ich vor anderthalb Tagen drüber als drauf Richtung Taxi gestakst bin. »Verdammter Grobmotoriker!«, rief mir da noch jemand hinterher. Jetzt kein Schwein weit und breit. Als ich die Tür erreicht habe, hängt da ein Schild: »Smegma: ›Tanz in den Mai‹ Eingang um die Ecke«. Mir schwant Schreckliches. Das kann nur eines heißen: »lab.ora.tory«, ein Anhängsel des Berghain, der härteste Schwulen-Club weit und breit, in dem sich Piss- und Faustfick-Partys abwechseln.

Jetzt bin ich eh schon breit, und alles ist zu spät, schon seh ich mich reingehen und treffe gleich Bomec. Ich erkenne ihn aus dem Unterbewusstsein, denn nie schaut er so aus, wie ich ihn in Erinnerung habe. Dabei steht Jacques, Bomecs ältester Kumpel, ein angehender Augenarzt in Lederhosenträgern, den ich den ganzen Abend über nur aus den Augenwinkeln wahrnehme. Ich verabschiede mich erst mal in die Tiefen der Darkrooms, fünfundneunzig Prozent Homos, und wechsle auf der Gummibank eines zum Ficken gedachten Separées meine Designer-Jeans gegen billige Nineties-Trompetenhosen.

Beim Anstehen an der Garderobe entdeckt mich der Schatzmeister. »Kannst du mir ein Teil klarmachen?«, frag ich ihn. »Für gute Freunde immer«, meint der Schatzmeister, wir verschwinden im Labyrinth des Clubs, streifen einen Vorhang aus Stahlketten beiseite und schließen uns in einen Holzverschlag ein. An der Wand ist eine Lederbank angebracht. Ich setz mich drauf, hol einen Fünfer raus, kauf mir ne Pille, Butterfly oder so was, und schluck sie sofort runter. Genug gequatscht. Kaum bin ich wieder draußen, treffe ich Bomec wieder: »Willst du ne Nase Ketamin ziehen?« Klar, schon viel davon gehört, in England ist das gerade voll der Hype, in Berlin langsam auch, nur dass niemand an das Zeug rankommt. Eigentlich ist Ketamin ein Narkosemittel aus der Notfallmedizin aber in sehr viel geringeren Dosen wirkt es halluzinogen, so weit mein Vorwissen. Ich bin gespannt.

Wir gehen in den gleichen Holzverschlag. Ich zieh nur eine kleine Bahn, aber die tut schon höllisch weh in der Nase. Na dann, ab Richtung Musik.

Kurz vor der Tanzfläche treffe ich Marc. Das dritte Mal diese Woche. Wir gehen ziehen. Komme ich heute überhaupt noch mal auf den Dancefloor? Marc ist zwanzig und anscheinend immer im Berghain. Ist ihm auch zu krass hier. Er ist einer von den wenigen Typen, die ich wirklich süß finde. Normalerweise lösen Typen bei mir sexuelle Gelüste aus oder gar keine. Dass ich das Bedürfnis verspüre, einen Jungen zu küssen, ist äußerst selten.

Bei Marc war das von Anfang an anders, und ich versuche immer einen auf cool zu machen und mir das nicht anmerken zu lassen. Marc ist etwas kleiner als ich, schlank, hat gepflegte kurze Dackelhaare, akkurate Augenbrauen und ist meist gut, aber zurückhaltend gekleidet. Er hat eine wunderbar abgehoben schwuchtlige Art, checkt im verpeilten Fear-and-Loathing-Style durch die Gegend und praktiziert vor allem den schönsten Hand-Move, den ich in Berlin bisher gesehen habe.

Irgendwie hat es gleich ›Klick‹ gemacht, als ich ihn vor einem halben Jahr das erste Mal in der Panoramabar getroffen habe.

Wir sind im Holzverschlag. Ich kaufe ihm ein Gramm Speed ab und lege drei Bahnen auf der Lederbank. Marc will partout nichts ziehen. Er hat seit Samstag nicht geschlafen. Für ihn heute nur Ecstasy. Also ziehe ich alle drei Bahnen alleine weg. Kaum ist die dritte Line in meiner Nase verschwunden, haut auf einmal das Ketamin rein. Alles wackelt und ich mache die Tür auf, und alles wackelt noch viel mehr. Raus. Krass. Nur krasse Typen hier. Ach du Kacke, verreißt es mich. Wo bin ich denn? Alles zerläuft braun und rot, und die Typen hier drin sind ja wohl einfach nur der Hammer! Alles ist so schwul hier unten, alles ist Leder und Haut und Gummi und behaart und riecht nach Sperma, Scheiße und Sex. Alle sind so fest in dem, was sie sind, und ich bin so wacklig und formbar und irre konfus durch die dunklen Gänge. Ist das richtig? Glatzen starren mich an, Menschen, mit denen ich *nichts* zu tun habe, auf was für einem Film sind die denn alle, links schwarze Holzkästen, rechts ficken welche, von vorne kommt schrägste Musik. Auf einmal die Erkenntnis: Ich bin in der Hölle.

Da stehen Bomec und Jacques, jemand zum Festhalten, ich bin viel zu verpeilt und entschuldige mich gleich mal, aber die meinen, das passt schon ... Öh ... Jacques ist also Arzt, und ich beschreibe mein aktuelles Krankheitsbild: »Now, what could that be: I was coughing for one week, then I went to Berghain. For two days everything was okay, then I started coughing again, then I went back to Berghain. Now, this evening, I measured fever in my anus ...« – »In your *ANUS*?«, fragt

Bomec mit gespielter Ungläubigkeit. – »Yes in my anus, and when I put it out of my anus, I had like 38.1 degrees. Ten minutes later, I put it back in my anus and had only 37.2 degrees. Now, what could that be?«

Plonk. Ich lasse mich steif auf die Bank fallen und sage kein Wort und schaue stattdessen an die Wand gegenüber. Ketamin. Krasses Zeug.

Fffft. Ich bin wieder oben. Ich muss den Eye-Doctor was fragen wegen meiner Pupillen und sage »I am high as a hike«, hoch oben wie ein Drache, und mache dabei eine Bewegung, als hielte ich einen Drachen in der Hand. Mitten im Satz halte ich inne: Moment mal ... Meine Hand ... Ich mache eine Faust. Drehe links. Rechts. Links. Rechts. *Plonk.* Ich lasse mich wortlos auf die Bank fallen. Wo bin ich hier? Ach ja, in der Hölle. Echt krass. Ketamin. »Nie wieder«, denk ich in dem Moment, aber das meine ich natürlich nicht ernst.

Endlich sind wir auf der Tanzfläche. Alles zerläuft noch immer braun und rot, und es sind noch immer die krassesten Typen hier drinnen zwischen Holz und Beton und Leder, und es läuft die absurdeste Musik überhaupt in diesem Stahlbunker: 80er-Jahre Disco-House. Ich tanze. Ich tanze ne ganze Weile, und der süße Marc steht gegenüber auf dem Podest, und wir beiden Styler lächeln uns an den guten Stellen zu. Bomec und Jacques sitzen links von mir, und ich denke: Mein Move schaut gut aus.

Ich gehe pissen, der ganze Club besteht zu einem guten Teil aus Toiletten, Pissoirs und Plumpsklos, auf einem Fensterbrett sitzt Marc und presst vor lauter Ecstasy die Augen zu. Ich setz mich neben ihn und frage ihn allen Ernstes nach dem Märchenpark in seinem Heimatdorf, da hab ich nämlich meinen zwölften Geburtstag gefeiert. Marc kennt ihn und ist in seiner ganzen Art toll und süß, aber ich glaube, ich bin ihm zu verpeilt. Dann ist er weg, und Bomec sitzt neben mir. »Ich sage vielleicht ›endkrass‹ oder ›anders krass‹«, korrigiere ich Bomecs letzten Blogeintrag, »aber niemals ›oberkrass‹.«

Diesmal rauf aufs Podest. Mittlerweile habe ich mit zwei anonymen Typen das restliche Pep weggerotzt und dafür einen original WodkaJägermeister spendiert bekommen. Vor mir stehen achtundneunzig Schwule und zwei Mädchen, und wenn ich genau hinschaue, lachen alle über mich. Sogar Bomec lacht mich aus, auch wenn er das später bestreitet. Aber aus irgendeiner Amphetamin-Psychose heraus kann ich nicht anders als tanzen, und zwar meinen persönlichen verpeilten Move, die Musik wird immer softer, kommerzieller, aber das Speed lässt mich weiter rumspasten, links, rechts, rutschen, drehen. Ich will gehen.

Bomec und ich stehen im Flur vor dem Ausgang. Wir sind beide ganz schön verschickt. Ich lehne an der Wand, während Bomec mit seinem Handy vor meinem Gesicht rumfuchtelt und versucht, meine Pupillen abzulichten. »Das ist ja der Hammer!«, ruft er ungläubig, »Das ist echt der Hammer. Wie krass! So was hab ich noch nie gesehen. Die springen dir gleich aus den Augen raus, Alter, alles nur schwarz!« – »Ja klar«, denk ich unbeeindruckt, »ist doch immer so, wenn ich drauf bin.« Ich will die Bilder gar nicht sehen, ich will nur wieder in meine Designer-Jeans und raus hier.

Zum Abschied nimmt Bomec mich fest in den

Arm, aber ich spüre nichts. Ich lasse los. Bomec hält fest. »Du kannst das ruhig lassen«, sage ich kühl, »Ich bin total kalt. Ich merke überhaupt nichts. Ich bin wie eine Puppe.« Bomec lässt los und schaut mir groß in die Augen. Ich habe das Gefühl, total zu versagen.

»Pass gut auf dich auf!«, sagt er in seinem liebsten Homo-Singsang. »Lutsch keine HIV-infizierten Schwänze mehr, geh nicht in den Puff und mach einen großen Bogen um den Friedhof, nicht dass dich wieder die Bullen einkassieren.« Draußen knallt die Mittagssonne.

Techno Flavour

Jede Snare schiebt. Erkennt sofort den Weg zu ihrer Synapse. Du bist Techno Flavour. Ganz anderer Film. Völlig andere Weltsicht, eine ganze Drehung am Receiver in Richtung Scheiß-drauf-und-trau-dich-jetzt. Alter.

Klar musst du lachen. »The Big Real Flow.« Techno gibt dir immer das Gefühl, gerade genau im richtigen Moment zu leben. Du bist gerade genau dort, wo der modernste Sound aller Zeiten läuft. Mittendrin. Deine Musik. Du kennst das nur viel zu gut, du sagst »Hi!« zu den Claps und »Servus!« zu den Berlin-Mitte-Mitten und den verfickten Bass, Alter, den grinst du einfach nur fies an.

Sind wir mal wieder alle beisammen. *»You fucking me – makes me bilingual.«* Los gehts. Deep-House. Aber wie deep. Saufett fließt dir das Knarzen um die Ohren, der rechte Fuß tippt soft im kaum hörbaren Offbeat, dann die E-Gitarren, dann der Break: »Uh come on!« – Saugeil. Deine Mundwinkel fliegen nach oben, trotz Schmollmund, dich zerreißt's gleich aus jeder Pore.

Ist irgendeiner hier drin, der das nicht checkt? In solchen Momenten ist alles erlaubt, und so schaut es jetzt auch aus. Unter dem verführerischen Schleier des Sounds wiegt sich alles in Ekstase. Verschwitzte Gesichter, die Augen geschlossen, nach oben gedreht, nur weiße Ränder. Aus jedem fließen Bewegungen.

Das ist alles, was gerade passiert. Darum gehts. Die geile Musik hören, drauf sein; die geile Musik hören, wie man sie nur hören kann, wenn man drauf ist, den Zauber spüren und zwangsläufig sein Innerstes in Bewegung verwandeln. Techno Flavour. Die Augen gehen auf. Du blickst in tausend Gesichter, und jedes sagt im Rhythmus: »Spürst dus auch?!!«

Krass, wie sich deine Hände bewegen. Der Sound hat schon wieder übernommen. Du bist schon wieder voll auf dem Feierfilm. Irgendwas kitzelt dir im Bauch. Techno Flavour.

Dazed and Confused

Am schlimmsten sind die Tage, an denen man irgendwie gar nichts zu tun hat. So ein absolut planloses Wochenende zum Beispiel. Da kann es schon mal passieren, dass man Freitagabend ganz oldschool in die Hasenheide fährt und sich von den Arabern dort was zum Rauchen holt. In den letzten Stunden hat einer in mir gesagt: »Nach der Arbeit musst du dir Gras holen, das ist cool und passt grad voll in die Situation, und außerdem ist mein Chef eh grad in Urlaub, und meine Eltern kommen erst übernächstes Wochenende, und es ist *eh alles so egal*!« Und dann war da halt noch die Stimme der Vernunft, die leiderprobt darauf hinwies, dass das alles wieder zu Kater und Entzugserscheinungen führen würde, dass man Probleme wegschiebe und dass man doch wisse, wohin das alles führe, und dass es nichts bringe. »Das ist echt gutes Gras, Mann. Kann man nichts sagen!«, freue ich mich zu Hause vor dem Eimer.

Es ist echt krass, wie wenig Zeit es dann nur braucht, um die Wohnung in ein absolutes Chaos zu verwandeln. Am Boden liegen Hosen, Geschirrtuch, Regenschirm,

E-Gitarre, Turnschuhe, Anzugschuhe, ein leeres Tetra-Pack ACE-Saft, zwei leere 1,5-l-Flaschen Apfelschorle, ein Buch, ein Ayranbecher, ne Tasse, noch zwei Bücher und direkt neben meinen Füßen sechs aufeinandergestapelte gebrannte CDs.

Auf dem Tisch: der Arbeitslaptop, der aktuelle Berghain-Flyer, ein Buch, ein Memory-Stick, OCB-Longpaper, blaue Damensonnenbrille, noch ein Memory-Stick, ein leeres Saftglas, ein halbes Gramm Gras, eine zerrupfte, dreiviertelvolle Schachtel Kippen, mein unbenutztes Notizbuch, ein Aschenbecher mit vier Joint-Stummeln, ein Teller mit Pizzaresten. Très cliché.

Im Fernsehen kommt auch nur Scheiß. Samstag ist heute, glaube ich.

An Tagen, an denen einem absolut nichts einfällt, fallen einem dann ganz schnell Drogen ein.

Ist aber auch wieder irgendwie ein Schmarrn. Hm, man könnte ja ne Münze werfen. Zum einen: Das hat noch nie funktioniert. Zum anderen: Was macht man dann im anderen Fall? Und könnte man dann nicht gleich das machen?

Geil, das Wetter. Gehma raus, Gras kaufen. Bereits nach ein paar Metern wird klar: Ich bin viel zu breit, um geradeaus zu laufen. Gottseidank hab ich die Sonnenbrille. Bahn fährt ganz smooth ein. Drinnen ist es sauheiß, ich zieh meine Adidasjacke zur Hälfte auf und nehme mir ein Viererabteil. Unterwegs ziemliche Ruhe im Kopf. Schieben halt alle ihren Film, die Leute, sitzen da, schauen aus dem Fenster, labern, streiten. Alles passiert halt irgendwie.

Dann sitze ich auf einer Bank in der Hasenheide und schaue bekifft auf die Blumen auf der anderen Seite des Weges. Ich atme aus, und der hellweiße

Rauch zieht den gepflegten Sandweg entlang, verschwindet im Schatten der Bäume und taucht ein paar Meter weiter wieder genau in der Mitte des Weges auf. Geil, das Wetter. Sonntag, glaube ich. Der nächste Zug treibt in die Büsche. Ein polnisches Pärchen joggt lachend vorbei. Sonnenbrille. Dann wieder in der Chaoswohnung vor dem Laptop. Led Zeppelin, so wie früher. ›Dazed and confused‹, das kann ich mittlerweile auch von mir behaupten. Das Licht hört auf zu surren. Ach nein, das war die Waschmaschine, die aufgehört und gerade wieder angefangen hat, sich zu drehen. Das Licht surrt nicht. Das Licht ist gar nicht an. Dazed and confused.

Nicht weckbar

Wenn ich beim Netten Fucker aufwache, dann prinzipiell in den krassesten Zuständen.

Um vier geht das Licht an. Fremdes Sofa. Ein Gefühl wie drei Stunden nicht geatmet. Der Nette Fucker steht nackt in der Tür und wispert: »Hey Airen! Bleib ruhig liegen! Alles ok!« Vor dem Sofa steht ein Tisch, darauf ein Zettel: »Lieber Airen! Bleib ruhig liegen, das ist ok!« Hä?

Die letzte Erinnerung: Mitteilungsversuche. Ich will irgendwas viel zu Kompliziertes erklären: »Also, wenn ich mal was sagen darf, also ... ähm ... kann ich mal kurz sagen? Ähm also, viel zu krass, wenn ich mal was sagen darf? ... ja? Hier, was ich sagen wollte, ähm ... *wow*!«

Und dann? »Du bist krass rumgecheckt, wärst fast umgefallen und hast dich am Kerzenständer festgehalten. Du hast dich nicht davon abhalten lassen, noch eine Pipette zu nehmen. Ein ganz gezielter Absturz. Wir haben dich dann aufs Sofa gelegt, du wolltest zuerst nicht, bist nach ein paar Minuten aber doch recht verkrampft eingeschlafen. Du warst absolut nicht weckbar. Ich hätte dir echt den Blinddarm rausnehmen können. Wäre dir das im Club passiert, wärst du irgendwann ohne Handy und mit« – ausladende Geste – »*sooo* einem Arschloch aufgewacht!«

Eigentlich hatte der Abend noch recht gesittet begonnen. Mit ein paar Glas Rotwein auf dem Mini-Balkon in Friedrichshain. Der Nette Fucker und ich führen mal wieder Gespräche in doppelter Geschwindigkeit. Berghain, Arbeit und Ernst Jünger. Es ist Frühsommer, ein laues Lüftchen weht, auf einem Balkon auf der gegenüberliegenden Straßenseite schüttelt ein Rastamädchen Handtücher aus.

Dann stößt die Freundin dazu. »So. Wir ziehen erst mal ne kleine Line Speed, oder?« Sehr sympathisch. Also ich natürlich sowieso, danke. Nach der zweiten Bahn kommt das kleine braune Fläschchen ins Spiel, GHB. Tropfenweise verwandelt sich unser Gesprächskreis in eine Danceparty mit David Carretta und exaltierter Echsenmimik. Hahaa, jetzt aber noch eine halbe Pipette und ein Bussi für den Netten Fucker! Dann sitze ich minutenlang hochkonzentriert vor dem Computer und versuche, eine Internetadresse einzugeben. »Weh weh weh!«, beschwöre ich den Bildschirm, »Weh weh Punkt. Nee warte mal … Weh weh weh …« Nach einer Viertelstunde ist es vollbracht: www.spiegel.de.

Ich stehe auf: »Also, wenn ich mal was sagen darf …«

2CB

Der Zug rauschte vorbei. »Tut mir leid, ich bin in Eile, ich bin absolut in Eile und kann hier nicht noch länger auf irgendw…, verstehen Sie nicht, dass ich absolut keine Zeit habe zu erklären?«

Ich hatte gottseidank alles für mich behalten, mein Mund formte kaum sichtbare »Aahs« und »Oohs«, die Augen grinsten um die Ecke ins Loch, und dann stand ich noch mal zehn endlose Minuten da und wartete auf die Tram.

Was für eine saudumme und jede Bestrafung rechtfertigende Aktion, sich hier mit so einem LSD-lookalike im Kopf auf die Straße zu trauen. Als die Tram dann endlich, endlich kommt, habe ich mich fast aufgezehrt vor Warten, bin ganz verwittert an dieser unwirtlichen Haltestelle im Abend, den diese nervöse Spannung durchzieht, dass man fast unwillkürlich die Lippen schürzt und die Augen zusammenkneift. In der Bahn dann das Schlimmste: keine Gangster, keine Junkies, nein, eine blitzsaubere deutsche Kleinfamilie mit dem ganzen Stolz ihrer gerade befestigten Existenz: einem properen kleinen Buben. Die Mutter trägt ihn auf dem Arm, er hat ein weißes Frotté-Oberteil an, das behütete Kind, mit blauen und dazwischen ganz feinen, ockeren Streifen, und setzt sich neben mich. *Und setzt sich neben mich!* Mich, die sabbernde Bestie, in einem ockerfarbenen Boot auf einem weiten, nebulösen Frotté-Ozean. Ich grinse aus dem Fenster, aus meinen Ohren fließt in dicken Strömen Blut, von Lorbeerblättern umflochten. Das alte Psychonautenhandbuch sagt zu Verhalten in der Öffentlichkeit: Nichts machen, nichts sagen, nicht aus allen Löchern davonfließen und an der richtigen Station wieder aussteigen. Wenn man dann immer wieder in der richtigen Reihenfolge daran denkt, funktioniert es. Den Wahnsinn Supermarkt gebe ich mir nicht, aber bei der Bäckersfrau nebenan hole ich ein Schweineohr und einen Multivitaminsaft.

Kaum zu Hause: Also als Allererstes muss hier der Spiegel verschwinden, das geht ja keine zehn Sekunden gut, so wie sich meine Wangen in den Raum pumpen. Aber wenigstens sitze ich jetzt hier und kann meine Züge entspannt davongleiten lassen, in alle acht Richtungen des Raumes. Ich höre in mich hinein, und irgendwas ist komisch. Vielleicht muss ich kotzen. Viel wichtiger, als dass ich nicht kotzen *muss*, ist, dass ich nicht kotzen *will*.

Mal rechnen, wie lange das noch dauert, also jetzt ist es eine gute Stunde … »*Was heißt denn hier ›runterkommen‹??! Ist doch gerade voll geil!!!*« Sorry, ich muss ma …

Eine neue Klasse: polytoxikoman und gesundheitsbewusst, multisexuell, suprakulturell. Immer kurzfristig in der Lage, den gewünschten Bewusstseinszustand herzustellen. Eine gierig in alle Ecken züngelnde Techno-Plastizität. Die Dekadenz der Verspieltheit, jeden Ton nur so leicht widerwillig an sich heranlassend und mit der Hüfte wegwippend, mit spitzen Fingern genau den Schub in den Raum gebend, den es braucht, um eine bestimmte Melodie davonzuschnippsen. Diese Verschmitztheit wäre das universale Erkennungszeichen.

2CB gehört zur Stoffklasse der Phenethylamine, in der Wirkung zwischen Ecstasy und LSD.

Schotten dicht

Frank aus Franken wird 24. Privatparty in Lichtenberg steht auf dem Programm. Ich kaufe eine Flasche Tequila als Geschenk und eine Flasche Wodka zum Warmwerden. Frisch gekotzt mache ich mich auf den Weg. Auf der Party geht es noch ruhig zu. Ein dutzend langhaarige Typen sitzen um den Tisch und lachen, es läuft Black Sabbath. Zwei Mädchen sind auch da. Ich trinke noch ein Bier, zieh zweimal am Joint und bin hacke. Neben mir ein Typ, der gerade von einem Auslandssemester aus Schottland zurück ist. »Die Schotten saufen wie die Sau«, sagt er. »Klar«, antworte ich, »daher ja auch der Ausdruck ›schottendicht‹.« Ich verfalle darüber in einen unbändigen Lachflash, kann nicht mehr aufhören, die Gespräche verstummen, alle schauen fragend, jetzt kommen sogar die Leute aus der Küche, um zu sehen, was los ist. Als Nächstes labere ich mit einem Siebenbürgen. »Pula ta pute a peschte«, lass ich mein Rumänisch brillieren, dein Schwanz stinkt nach Fisch. Beim Nachschubholen komm ich in der Küche mit Franks Mitbewohnerin ins Gespräch, einem Rastamädchen mit harten Zügen. Endlich mal jemand, der nicht nur Christian Morgenstern kennt, sondern auch jede Menge Gedichte von ihm. »Ein Butterbrotpapier im Wald, da es beschneit wird, fühlt sich kalt!«, hebe ich an, und sie verdreht schon wissend die Augen, da kommen nämlich noch gefühlte hundert Zeilen. Synchron tragen wir ›Der Nachtschelm und das Siebenschwein (oder Eine glückliche Ehe)‹ vor. Kurz nach Mitternacht haue ich mit zwei Leuten ab, irgendwo ist irgendeine Party.

Im Wartehäuschen an der Haltestelle baut der Rumäne einen Joint, nach ein paar Zügen kommt die Straßenbahn. In der Warschauer checken wir erst mal das Cassiopeia ab. 3 Euro Eintritt, ich gehe rein, auf der Bühne eine Hardcore-Band, davor ein Moshpit, ich gehe wieder raus. Keine Experimente: Berghain.

Die anderen beiden habe ich verloren, mit einem unbekannten Langhaarigen fahre ich die eine Station zum Ostbahnhof. Vom Himmel klatscht der Jahrhundertregen. Kaum habe ich den Bahnhof verlassen, bin ich total durchtränkt. Ungefähr zu diesem Zeitpunkt wird in Berlin der Notstand verhängt. Ich rette mich zu einem Döner-Stand und warte, dass der Regen nachlässt. Zwei bildhübsche Mädchen in Party-Gear trippeln mit Regenschirmen Richtung Berghain. Ich laufe zu ihnen und frage, ob ich mitkommen darf. Ich darf. Die beiden sind eh das erste Mal da und freuen sich, dass ihnen jemand den Weg weist. Das ganze Industriegelände steht unter Wasser, wir laufen im Zickzack um die Pfützen und werden immer nasser. Ein fetter Sandhaufen steht im Weg, und ich denke, ich gehe lieber über den Haufen als durch die tiefe Pfütze daneben. Dann stecke ich bis zur Hüfte in Sand. Klitschnass und total verschmutzt erreichen wir den Club: »*Das* ist Devotion!«, begrüße ich den Türsteher.

Heute ist nur die Panorama Bar geöffnet. Ich verabschiede mich von den Mädels und tanze erst Mal weiträumig ab. Ne ganze Menge Stammgäste sind da, der schwule Holger mit der hohen Stimme zum Beispiel oder meine wunderbar unaufgeregte Lieblingstranse Martina. Aber weit und breit kein Dealer, da sollte man mal mit dem Geschäftsführer sprechen. Nichts geht. Schließlich bestelle ich frustriert drei Jägermeister und spüle sie noch an der Bar mit einem WodkaBull runter. Neben mir fällt währenddessen ein Typ langsam ins GHB-Koma, seine Kumpels stützen ihn besorgt. Ich tanze weiter, versuche Speed aufzustellen, keine Chance. Nach zwei weiteren Jägermeister falle ich auf einmal Holger an und versuche ihn zu küssen. Keine Ahnung, warum, er ist nicht im Geringsten mein Typ. Dann haue ich ab, mittlerweile ist es um sechs, Garderobenmarke verloren, eh klar, und wache mittags in meinem Bett auf.

Tatsächlich

»Eigentlich habe ich überhaupt keinen schlechten Job«, denke ich, als ich im Taxi aus der Mittagspause komme und mit meinen Kollegen über Trichet und Livingston plaudere, als wärens meine Nachbarn. Das Sony Center zieht vorbei, voll steingrauer Yuppies mit steingrauer Haut in steingrauen Anzügen. Könnten für jede oder meine Firma arbeiten. Zuvor Rinderschnitzel im Maredo und mit einer dicken, unhübschen Balkantussi am Nachbartisch geflirtet. Weils ging. »Eigentlich schau ich überhaupt nicht schlecht aus, eigentlich bin ich überhaupt nicht dumm.« Tatsächlich gehts mir total beschissen. Tatsächlich kotzt mich die ganze Scheiße an, mich eingeschlossen. Das Suchen. Die Sucht. Der Sex oder seine Abwesenheit.

Später, nach der Probe, sitze ich mit den beiden Lesben aus der Band in einem Straßencafé und bestelle Tequila Sunrise, einen doppelten Wodka on the rocks sowie Wasser. Die Mädels ein Bier. Die Bassistin und ich wetteifern, wer von uns wohl die krassere Behinderung hat – ihre Gelenke oder mein Rücken; und während ich meinen Döner achtlos über die linke Schulter auf eine Windschutzscheibe befördere, erkläre ich den beiden meine sexuelle Orientierungslosigkeit. Als ich schon wieder mit Gedichten anfange, merke ich selber, dass es genug ist; man muss schon ordentlich besoffen sein, um sich nicht daran zu stören, der Besoffenste zu sein.

Gottseidank komme ich bei meiner Cousine unter und nötige sie hart, doch noch auf einen Drink in eine Bar mitzukommen. Die aber pennt fast ein und ist kurz davor, mich wieder rauszuschmeißen. In der Früh nehme ich die richtige Bahn, steige sogar an der richtigen Haltestelle aus, biege dann aber extrem falsch ab und stehe vor dem Brandenburger Tor. Trotzdem komme ich eine halbe Stunde zu früh und frage mich, warum ich immer mit denselben Leuten im Fahrstuhl stehen muss, wenn ich mit Fahne in die Arbeit komme. Eine Fahne zu haben ist mir peinlich, eine frische ebenso wie dieser abgestandene Magengeruch. Die Leute können sich da die buntesten Sachen ausmalen und die schlimmste und naheliegendste ist, dass man ein Alki ist.

So, jetzt trinken gehen mit meinen beiden Lieblingskollegen, ich muss, ich muss, unbedingt, am stärksten und im besten Fall am frühesten: dicht sein.

Nahtlos

Na super. Fünf, sechs Drinks und schon wieder ungebeten sämtliche Geheimnisse ausgebreitet. Knast, Nutten, Drogen, Männer, Buch. »Männer, Frauen, Kinder, Nutten, Transen: Her damit. Ich fick alles.« Keine Ahnung, ob mein Kollege überhaupt mal zu Wort kam. Die Story mit dem Schotten erzählt und noch mal als Einziger die ganze Bar zusammengelacht. Dann natürlich Gedichte, das kotzt mich so was von an, dass ich das nicht mal lassen kann. Schließlich machte der Kollege halb eins schlapp, verabschiedete sich schockiert und entließ mich Richtung Ringbahn. Mein Finger blutete noch immer von der scheiß runtergefallenen Beck's-Flasche gleich zu Beginn. Dann nachgedacht, ob ich mir jetzt von den Chinesinnen im Pornokino einen wichsen lassen oder gleich in den Puff gehen soll. Darüber eingepennt und anderthalb Stunden lang anderthalb Runden um Berlin gedreht. Von Zugbegleiterin geweckt worden mit dem Hinweis, dass jetzt Ende im Gelände sei und übrigens auch gleich der Bahnhof abgesperrt würde. Persischer Taxifahrer, der auf die Stichworte ›Ahmadinedschad‹ und ›Atombombe‹ anfängt, mich zuzuschwallen, bis wir da sind, bis ich bezahlt habe, bis ich die Autotür aufmache und sage: »Sorry, ich bin jetzt glaub ich echtn bisschen zu besoffen für die Diskussion.« Jetzt, wieder stinkend und schwitzend in der Arbeit, lese ich noch mal nach, was letztes Wochenende alles passiert ist.

transgenial

Bandprobe. Halb zwölf sogar dafür zu dicht, zu vertraulich. Dann Himmelreich, heißt die Bar, ich fröne meinem neuen Hobby, das da heißt: doppelte Wodka on the rocks. Will noch irgendwas Verbotenes machen, aber die Mädels halten mich zurück. Kurzer Filmriss. Wie ich eben erfahre, also angeblich mit dem Argument »Scheiß Kapitalismus!« geweigert zu bezahlen, neben die Bar gekotzt und paar Tische umgeschmissen. Jedenfalls schaffe ich es irgendwie, mich nirgendwo davorzuwerfen, keine Kinder zu treten oder fremde Titten zu kneten. Bahn hält in Schöneweide. Nie gehört. Ich steige aus, mache drei Schritte nach vorn und pralle rückwärts gegen die Bahn. Dann stehe ich auf, mache drei Schritte nach vorn und pralle rückwärts gegen die Bahn. Schließlich kommen zwei so grobporige Bahnbullen und verfrachten mich in ein Taxi. Is nich weit, sagen sie. Irgendwie, irgendwann komme ich irgendwo an, passe extrem auf, dass ich nicht beschissen werde, werde beschissen, mache drei Schritte nach vorn und pralle rückwärts gegen das Taxi. Kämpfe mit dem Schlüssel. Verliere. Klingle. Kotze. Riss.

Am Morgen. Werweißwieviel Schachteln Kippen in der Jacke, leerer Eimer neben dem Bett, leeres Portemonnaie in der Hose (Ich sollte aufhören Hunderter abzuheben.), Toilette extremst zerstört; Abdeckung und Schwimmer und sonstiges Plastikzeugs liegen wirr im Raum. Wasser läuft. Einfach nur keine Ahnung.

Dann auf zum »Transgenialen CSD«. In Berlin ist man ja nur cool, wenn man auf die jeweilige Gegen- oder Anti-Demo geht. In der Bahn sitzen zwei dermaßen potthässliche Alki-Fettsäcke mit blutenden Eiterwunden und verwaschenen Tattoos, die irgendwas von wegen »CSD, Schwuchteln, wer macht den ganzen Dreck weg« labern und dafür ein »Ihr seid echt besser als ein Finger im Hals.« abkriegen. Checken die aber nicht. Jedenfalls bin ich immer noch zu besoffen bzw. ich hab ja grad zum Wachwerden erst nen Wodka-Sangrita Picante getrunken.

An der Warschauer Straße warte ich mit nem Smirnoff-Ice auf die Sänger-Lesbe, ja Lesbe, und bestelle aus Frust noch nen Smirnoff-Ice. »Sie haben sehr schöne Augen. Das meine ich wirklich so«, sagt die türkische Verkäuferin. Nach ner Viertelstunde rufe ich unseren Bandleader an, der soll mal der Sängerin Bescheid geben wegen Abholen. Nee, ich soll zu ihrer Freundin kommen, ist gleich um die Ecke. »Lässt die sich schon wieder von soner ex-inhaftierten Bauhandlangerin mit Strap-Ons penetrieren?«, kopiere ich den geilsten Blogger aller Zeiten. – »Was?!«

Typische Friedrichshain-Wohnung, eine Schwuchtel, zwei Lesben, eine davon die Sängerin: »Hallo, Airen, das hier ist mein bester Freund Jasko.« – »Hallo, Jasko!«, begrüße ich den Hund, aber der heißt Emmi. Rauchen und E-Mails checken. Ich merke, dass ich stinke wie ein nasser Hund, wahrscheinlich zittert deswegen der Hund neben mir so, ach so, nee, der ist ja nass. Jedenfalls gehts dann los. Nebenbei die Cousine wecken und »Sorry wegen Dienstag« lallen. Dabei wars ja Mittwoch.

Vor dem ›Kosmos‹ stehen schon ein paar hundert wunderbar schlecht angezogene Freaks – sollte mir echt zu denken geben, dass ich jeden zweiten hier kenne – und demonstrieren für mehr Freiheit, Gerechtigkeit und Gay Pride. Meine Lieblings-Transe, mein Lieblings-Dealer sowie mein Friseur sind da, dem ich mit drei Gesten bedeute: »Hallo.« – »Danke für die Frisur.« – »Ja, ich bin auch schwul.« Dann setzt sich der Zug in Bewegung.

Nach ungefähr hundert Metern sehe ich, wie ein Typ von einem scheiß verfickten Drecksbullen im Schwitzkasten in einen Bullenwagen gezerrt wird. Dann gibts erst mal eins auf die Fresse. Meine leere Bierflasche brennt mir wie Feuer in der Hand, aber ich reiße mich zusammen und krakeele lieber was von »Ihr hässlichen Nazis« bzw. werfe dem dann noch dümmer schauenden Bullen ein Bussi sowie ein Augenzwinkern zu. Es stellt sich heraus: Der Typ ist »mit auffälligem Fahrverhalten« bei 0,1 km/h mit dem Fahrrad hinter der Demo hergefahren und hatte keine Personalien dabei. Dafür gibts gleich noch mal eins auf die Fresse. Durchsage: »Der Wagen fährt jetzt nach hinten weg, bitte machen sie den Weg frei.« Der Wagen fährt jetzt bestimmt nicht nach hinten weg, da stehen nämlich ein paar hundert aufgebrachte Tunten drum herum. Die Bullen versuchens mit Gewalt, und das Mädel neben mir kriegt wegen Dastehens eins vor den Kehlkopf. Sie bekommt die Dienstnummer und eine

Anzeige, weil sie ihn getreten hat, was nicht stimmt, genauer gesagt eine perfide Lüge ist, genauer gesagt jedem verschissenen Bullen am besten sofort eins auf die Fresse. Gleich Adressen ausgetauscht; nichts bereitet mir mehr Freude, als einem Bullen eine reinzuwürgen, gerne auch vor Gericht, mit kleidungsbedingter Glaubwürdigkeit. Na ja, es fängt an zu pissen, und die ganzen Transen rufen im Chor so geilen Scheiß wie: »Eure Kinder wern wie wir!« Es dauert ne ganze Stunde, bis der Typ unter Jubelgeschrei freigelassen wird. Ich melde mich erst mal am Lautsprecherwagen als Zeuge für den Fressenschlag, wie gesagt, gerne und immer wieder, und kriege dafür ein Wasser. Na danke! Die Organisatoren-Lesbe fragt, obs mir gutgehe, ich schaue so fertig und aufgebracht aus und ob ich mit Freunden da sei. Ja, nein, ja, Adresse und tschüss. Jetzt kommen wirre Reden, Patriarchat und ›Züchtungsziel der Konservativen‹, und ich frage mich, was jetzt noch alles kommt. Gentechnik? Vogelsterben? Jedenfalls wird mir das alles zu bunt, und jetzt sitze ich hier, irgendwie komische Uhrzeit, und schreib das alles auf.

Ekel.

Purer Ekel. Wie konnte ich mich nur so verhalten, solchen Müll schreiben und mich selber so kaputtmachen. Obwohl jetzt schon zwölf Stunden abstinent, stinke ich noch immer aus jeder Pore nach Alkohol. Sogar meine Scheiße stinkt nach Alk. Ich wälzte mich die ganze Nacht im Bett, seltsam aufgeregt und verzweifelt Schlaf suchend. »Mann, du musst jetzt sofort einschlafen, sofort einschlafen, Mann! Scheiße, ich pack das nicht. Kacke, ich muss doch jetzt mal schlafen können. Das gibt's ja nicht, das hatte ich noch nie. Ich pack das nicht, echt nicht. Airen, Airen. Airen! Mein Gott, ich dreh gleich durch!!!« Dann sprang ich wieder aus dem verschwitzten Bett, aß noch eine halbe Scheibe Brot, rauchte noch eine Zigarette, sah fern, legte mich wieder hin, zähneklappernd, Halluzinationen vor den Augen. Zwischendurch panische Angst, dass die Bullen jetzt gleich meine Tür aufbrechen. Dann stand mal für ein paar Sekunden eine Transe bei mir im Zimmer; ich erschrak unbändig und beruhigte mich nur langsam, als ich merkte, dass das alles nicht echt war.

Ich habs mir innerhalb einer Woche so was von versaut, die Bassistin hasst mich, mein Kollege hat keinen Funken Achtung mehr vor mir, im Internetcafé sowie in meiner Pizzeria kann ich mich auch nicht mehr blicken lassen. Besoffen denkt man sich »Dann halt nicht« und säuft sich weiter in die Einsamkeit. Sehr konsequent und sehr unglamourös.

Ich will das alles nicht. Ich bin total am Ende. Das muss sich ändern. Ab heute zwei Wochen absolute Alkoholpause, komme, was wolle.

Zehn vor Sex

Kaum habe ich ein, zwei Schluck getrunken, fange ich an, mir was auf meinen auf den Leib geschneiderten Anzug und meine Krawatte einzubilden, auf dieses bonzige Outfit, das für mich den ganzen Tag nur notwendiges Übel gewesen ist. Mit meinem Standard-Satz »Es soll ja nicht schmecken, es soll wirken« rühre ich mir eine unheilige Mischung aus Pepsi und Averna an. Was heißt hier »Saufen ist nicht glamourös«? Saufen ist Boheme de luxe, da sprudeln die Gedanken, und der Preis ist egal. Das unterscheidet die ganzen maximierenden Homo-oeconomicus-Fuzzis von den Freien. Dass der Preis egal ist. Und am Ende leben sie genauso lange, history has proven. »Das Zeug prallt, das Zeug ist gut!« One more … Now see if you can dig that …

Das Problem ist einfach, dass ich mir jede verfickte Freiheit nehme, von der meine Eltern mich je versuchten abzuhalten. Ins Waschbecken pissen, schlecht anziehen, mich besaufen: Das ist noch das Mindeste. Ich drücke die Zigarette im Blumentopf aus und wünsche mir, eine von den Lights geraucht zu haben; seit letztem Wochenende liegen hier tausend Schachteln Zigaretten rum, Gauloises, NIL, weiß und blau. Jedenfalls könnte ich mir dann jetzt die nächste anzünden, ohne zu kotzen. Es ist nicht so, dass ich es hassen würde zu kotzen. Ich kotze fast jede Woche und am liebsten im Freien, am zweitliebsten auf fremden Toiletten, jedoch sehr, sehr ungern zu Hause. Wenn ich es überhaupt dahin schaffe. An der Steckdose neben dem Bett trocknet sich seit drei Wochen ein mittlerer Kotzfleck an Wand und Teppich fest, ohne dass ich je die Zeit finden würde, ihn wegzuputzen. Mit was auch? Weiter bin ich in der Frage noch nicht gekommen, ich muss ja auch ständig arbeiten oder feiern oder kotzen …

Themenwechsel: Sex. Ich muss mich damit abfinden, dass Sex ein zutiefst animalisches Vergnügen ist. Das mit Liebe nichts zu tun hat. Letztens stand ich in einer Kabine im Berghain, leicht gebückt wie eine Uhr, die zehn vor sechs anzeigt, und ließ mir von einem anonymen Typen den Arsch auslecken. Das letzte, was mir in dieser Situation in den Kopf gekommen wäre, ist der Satz: »Ich liebe dich.« Ich bin auf der Suche nach ekstatischer Liebe, jenseits der Kategorien ›Ficken‹ und ›Orgasmus‹. Jetzt bin ich jedoch sehr abgeschweift, denn ich hänge erbärmlich über der Kloschüssel, verkrampft, zwischen den Kotzanfällen nach der scharfen Luft schnappend, mal wieder voller Reue und fange an zu rechnen, wie lange das noch dauern wird.

Jaja, halt's Maul

Ich liege mal wieder endfertig im Bett mit meiner Cousine. Neben ihr. War heute Nacht auch nicht so klar.

Nach einem zwölfstündigen Arbeitstag und einer vierstündigen Bandprobe sitze ich mit ihr und Bloody Mary in einer Bar in Friedrichshain. Meine selbstverordnete Alkoholpause hatte ich anstatt nach zwei Wochen bereits nach zwei halben Tagen für beendet erklärt. Jetzt lasse ich mich also Freitag-Style in rasantem Tempo vollaufen und schlage meiner Cousine vor, mal den neuen Tresor auszuchecken. Scheißidee. »So ein Scheißladen!«, erwachte ich heute Mittag, 100 Euro und einen Geldbeutel ärmer. »Nee, nee, nee, verdammte Kacke.«, lief ich dann zum Bad. »Ach du Scheiße!«, sah ich in den Spiegel. »Zum Kotzen!«, übergab ich mich ins Klo.

Dicht steigen wir um zwei aus dem Taxi. »Alexandra, ich hab meine guten Sachen an, sobald ich versuche, mir Chemie klarzumachen, spuck mir ins Gesicht, tritt mir in die Eier und zerr mich fort! Habt ihr Teile oder Speed oder so?«, wende ich mich an den Typen neben uns in der Schlange. Nee, hat er nicht. Vier Türsteher in Security-Uniform ignorieren uns, als wir eintreten. Keine Hell's Angels in Lederkluft, so wie damals, als ich Mittwoch für Mittwoch in dem legendären Keller an der Leipziger Straße feierte. Alexandra schärft mir ein, sie verdammt noch mal nicht allein zu lassen. Den Großteil der Nacht verbringe *ich* damit, *sie* zu suchen. Vorweg: Der Laden ist scheiße, die Leute sind scheiße, die Mucke ist scheiße. Punkt, Haken und Strich drunter. Nichts unterscheidet den neuen Tresor von einer gewöhnlichen Großraumdisko, in der zufällig gerade Techno läuft. Jedenfalls: In Anzugschuhen tanzt es sich schlecht, also besaufe ich mich ordentlich und frag jeden Assi nach Pillen. Es geht überhaupt nichts. Ein weiteres untrügliches Zeichen, dass der neue Club mit dem alten Tresor so gar nichts gemein hat. Als ich endlich um fünf einen Ticker gefunden habe, ist mein Geld alle. Taxifahrt zur Sparkasse und zurück. Dann vier Teile fürn Zwanni. Eins ex, eins für vier Kippen (nachverhandelt: fünf) an zwei Argentinier, eins an eine unbekannte Schönheit und das letzte nach zwei Stunden Suchen direkt in den Mund meiner verdutzten Cousine. Totaler kack Prolo-Schuppen. Sogar auf Ecstasy langweile ich mich. Plötzlich liege ich mit meiner Cousine draußen auf dem Rücken auf der Wiese, und wir küssen uns, so wie ich Stefan küsse, so wie ich meinen Hund geküsst habe: Aus purer Verbundenheit. Krasse Wolken ziehen über den erhellenden Morgenhimmel, verschmelzen mit Alexandras Gesicht, mit dem verpeilten Ecstasy-Gefühl und einem Türsteher, der meint: »Ihr könnt da nicht liegen.« Wir finden wieder rein; verpeilt, wie ich bin, stoße ich gegen tausend Leute und werde gleich zum Nächsten weitergeschubst. Aggro-Stimmung. Proleten-Laden. Scheiß Tresor. Ich will heim. Okay, meine Cousine hat gerade das erste Teil ihres Lebens intus, also lasse ich ihr den Spaß noch eine Weile und tanze gelangweilt ab. Dann reichts mir. Ich will raus hier. »Wo gehts'n hier raus?«, hau ich den Türsteher an. »Geradeaus, dann die Treppe und dann links.« Dann stehe ich vor einer Wand. »Wo gehts'n hier raus?«, frag ich den nächsten Türsteher. »Rechts, dann die Treppe und geradeaus.« Ein paar Runden Pingpong später stehe ich wirklich im Freien. Auch nicht besser: Ich muss meine Cousine hier rausholen, und zwar sofort. Irgendwann finde ich sie sauglücklich auf der Tanzfläche. »Nur noch zehn Minuten!«, fleht sie. Okay, ich kenn das ja, aber mittlerweile bin ich saukühl und seh das genau so: Ich kenne das ja. Eine paar Platten später – Timo Maas legt beschissene Klassiker auf – sage ich, dass ich draußen auf sie warte. An einen großen Stein gelehnt stehe ich im Freien, und die Minuten vergehen im Zehnerpack. Zwischendurch Hund streicheln und von dummen Assis dumme Assigeschichten erzählen lassen. Dann wird der Ticker von vorhin rausgeschmissen, und zwar im wahrsten Sinne des Wortes. Zehn Minuten später kommt er mit den Bullen zurück (verschafft sich lebenslanges Hausverbot) und will mich als Zeugen anbringen, ich schau ja auch so super seriös aus in meinem vollgekleckerten Anzug. Aber ohne Ausweis in der Tasche sag ich gar nichts. Nach einer Stunde wirds mir zu bunt, ich check wieder rein, finde meine Cousine und zerre sie mit purer Gewalt von der Tanzfläche. Irgendwann ist Schluss, echt. Im Taxi addieren wir kurz: Mein Portemonnaie ist weg, ihre Jacke auch, alles egal, türkischer Fahrer namens Mehmet. »Seltener Name, echt. Kaffanissikim, Shereffsis« – »Ich fick dein Gehirn, Ehrenloser« – gebe ich mein Türkisch zum Besten. Dann sitzen wir bei Alexandra in der Küche, es ist sauhell, und ich rufe zum zehnten Mal die Auskunft an, weil ich zum neunten Mal die Sparkassennummer unleserlich auf einen Notizblock gebannt habe. Irgendwann komme ich durch, lasse meine Karte sperren und penne im Bett neben Alexandra ein.

»So ein Scheißladen!«, erwache ich Sekunden später. Bevor ich hier irgendwie runterkomme, mache ich mir eine Weinschorle und fange an zu schreiben. Dann checken wir zur Bank und meine Cousine leiht mir 180 Euro, das muss reichen, bis ich ne neue Karte bekomme. Ich bin irgendwo zwischen angepisst, besoffen und drauf. Dem scheiß Alternativo-Hippie auf der Straße mit seiner super-stylischen Sonnenbrille hau ich fast eine aufs Maul, dem Wichser. Schlechtes Essen beim Inder, Hauptsache indisches Bier mittags um zwölf. »Zahlen, Fotze!« Der Spast leiert eh nur sein Programm ab und kriegt kein Trinkgeld. Direkt an der Warschauer ist so ein Dönerladen – Oktagon – and all you Berliners: Geht runter zur Toilette und nehmt die bunte Tür: Ihr steht mitten im Backyard des RAW-Tempels. Inmitten verpeiltester Goa-Deko rauchen wir die x-te Zigarette, und langsam haut alles irgendwie rein und zieht mich irgendwie runter, vor allem die Uhrzeit. Auf dem Weg zurück grüßt meine Cousine den Typen hinter der Bar, der grüßt pseudo-nett zurück und kriegt ein »Jaja, halts Maul!« ab. Bitteschön. Ich sehe alles viel zu klar. Um neun abends Paranoia-Spießrutenlauf durchs Kneipenviertel.

my life in a nutshell

Freitag. Berliner Firmenlauf. Paar tausend Leute aus Berliner Firmen laufen in Firmenshirts einmal um den Tiergarten. Ich habe gestern extra wenig gesoffen und heute Mittag eine Magnesiumtablette genommen, mit anderen Worten: Ich bin topfit. Um 20:30 Uhr solls losgehen. Eigentlich mach ich ne Punktlandung und stehe 20:15 Uhr vor dem Sowjetischen Ehrenmal, da soll irgendwo der Stand meiner Firma sein, an dem es das Shirt und die Startnummer gibt. Dummerweise ist der verfickte Stand weit und breit nirgendwo zu sehen, und die Stände sind auch nicht nummeriert, so wie angekündigt. Fünf vor halb finde ich endlich unseren Stand am Brandenburger Tor. Die Eventmanagerin vom Büro (nebenbei gesagt eine Frau, die so dumm ist, dass ich ihren Charakter selbst nach einem Jahr nicht einschätzen kann, so sehr wird alles von ihrer Dummheit übertönt) begrüßt mich vorwurfsvollst. Ja klar will ich noch mitlaufen. Ich muss zehnmal fragen, bis sie es fertigbringt, mir das scheiß Shirt zu geben. Entgegen den Ankündigungen gibt es auch keine Kabinen zum Umziehen, und vor den Dummtussen aus meiner Firma lass ich garantiert nicht die Hosen runter. Also schlage ich mich in die Büsche und ziehe mich im Rekordtempo um. Der Startschuss ertönt. Ich packe meine Feierklamotten in die Tasche und renne zurück zum Stand. Nach dreimal fragen krieg ich endlich die Nummer, die ich mir mit einer Mini-Sicherheitsnadel an die Brust pinne, dann renne ich zum Start. Dort warten bereits die Walker. Eine Nachzüglerin läuft gerade noch los, gehässiger Kommentar aus den Lautsprechern, ich drängle mich vor. »Da kommt noch einer!«, da merke ich: Die Startnummer ist ab. Perfekt.

Ich gehe zurück zum Stand meiner Firma – man ignoriert mich mittlerweile – und nehme meine Tasche. Dann gehe ich wie im Schock Richtung Siegessäule. Setze das hässlichste und verächtlichste Lächeln auf. Ich kann einfach nicht einsehen, dass das meine Schuld war. Ich kotze auf diese Inkompatibilität zwischen mir und der Welt. Von vorne kommen die Gewinner. Ich hasse sie. Immer mehr kommen mir jetzt entgegen, und ich ertrags nicht und biege ab in den Tiergarten. Drehe den MP3-Player voll auf. Nehme den Hörschaden nicht in Kauf, sondern genieße jede einzelne absterbende Sinneszelle. Nehme dann den nächsten Bus und fahre heim.

Es brodelt in mir. Ich saufe mich jetzt weg bis Ultimo und gehe dann ins Berghain und fahre mir jegliche verfügbare Chemie ein. Nein, ich gehe jetzt laufen. Meinen eigenen Weg. Nein. Ich saufe jetzt.

Professionell

Na gut, da es ja alle so brennend interessiert: Ich hab dann beides gemacht. Erst viel zu schnell durch den Volkspark Schöneberg gelaufen, die lange Runde, rasch geduscht und immer noch schwitzend rein ins Party-Outfit. Nebenbei die ersten beiden Drinks. Dann meine Cousine gecallt, eigentlich waren wir vor zehn Minuten verabredet, und was in der Bar gegenüber ihrer Wohnung ausgemacht. Sie wartet da mit ner Freundin. Scheiße, scheiße, ist das dann mal wieder alles schiefgelaufen. Jedenfalls renne ich halb elf an der Bar in Friedrichshain vorbei und seh drinnen meine Cousine neben nem echt hübschen Mädchen aufspringen und mir zuwinken. »Gut gemacht, Alexandra«, denke ich. Drinnen begrüße ich beide, Betty heißt das Mädchen. Schwarze, schulterlange, leicht gewellte Haare und so ein süßes Schwanengesicht. Friseuse. Ich erinnere mich entfernt, dass meine Cousine mich schon mal mit der verkuppeln wollte. Ich gebe ihr die Hand: »Hallo, Airen.« Sie lächelt.

Die beiden sind gerade auf dem Sprung, und ne Minute später stehen wir auf den mit Bars zugepflasterten Straßen des Simon-Dach-Kiezes. Ich erzähle erst mal von der verpeilten Sache mit dem Firmenlauf und bin dabei eigentlich nur noch zum Schein aufgebracht, trotzdem brauche ich jetzt sofort nen Drink. Wir klopfen am Raumklang, aber da macht keiner auf. Dann ins Cassiopeia, 6 Euro Eintritt und drinnen sechs Leute und mittelmäßiger Hip-Hop-Funk. Wir setzen uns auf ein Sofa, rauchen nen Joint, und ich fange an mich zu betrinken. Halb eins gehen wir wieder, mein Plan: Watergate. Auf dem Weg erzähle ich, dass ich in letzter Zeit immer rausfinde, wo ich letzte Nacht Hausverbot bekommen habe, indem ich in meiner Arschtasche krame. Dort findet sich nämlich seit kurzem immer eine Streichholzschachtel mit dem Logo der jeweiligen Bar. Und lauter solchen Scheiß. Betty lacht, und ich erzähle immer lustigeren Scheiß und werde dabei immer fiktiver. Zwischendurch auch so mitleiderregendes Selbstbezichtigungszeug, Betty lacht nicht mehr und sagt was von wegen »manisch-depressiv«. – »Nee, ich mach mich gerade nur wichtig.« Vor dem Watergate werde ich beinahe überfahren, alles um mich kreischt, egal, wir stehen in der Schlange. Vor uns wird ein Grüppchen nach dem anderen wieder heimgeschickt, mindestens fünfzehn Leute am Stück, dabei legt heute nur Tom Clark auf, aber vor uns dreien öffnet sich die rote Kordel, und der Türsteher wünscht freundlich einen schönen Abend. WodkaBull, JackyCola, WodkaBull und noch ein Joint. Geht mir eigentlich ganz gut jetzt. Sone Tussi in Hotpants fragt mich nach Weed, und ich setze sie auf den Typen an, der gerade mit Betty labert. Damit bin ich beide los. Es läuft funkiger Elektro, vor der Glasfront fließt die Spree und ich werde ganz tiefsinnig und fasele was von »panta rhei«, alles fließt und wie gut es uns doch allen gehe, so jung und schön und alles und wie geil es hier sei, direkt an der Oberbaumbrücke, besonders im Vergleich zu irgendwelchen staubigen Uranus-Monden. Betty sitzt neben mir, Arm an Arm, gegenüber meine Cousine. »Läuft schon«, denke ich, ganz Profi. Später sitze ich ein Stockwerk höher mit Betty auf der Ledercouch; über das Sofa gelehnt betrachten wir das Wasser. Noch tiefsinnigerer Scheiß. Wir drehen uns wieder nach vorne und reden über Frisuren, und Betty hat auf einmal ihre Hände in meinen Haaren und zeigt mir, wie sies machen würde. Ja klar wäre da was gelaufen, wenn ich es nicht wieder so professionell in den Sand gesetzt hätte. Dann halte ich ihre Hand und spiele mit ihren Fingern, ultra im Fluss, ultra sexuell, echt, ganz gefühlvoll auch sie, bis sie meine Finger wie im Gebet zwischen ihre Hände nimmt und sagt, dass Alexandra irgendwie unten hängengeblieben sei und ob wir nicht mal runterschauen sollten. Ich glaube das war schon der Cut. Wir packen wieder unsere Jacken und Taschen und chillen uns auf den Dancefloor im Erdgeschoss. Dann tanzen, aber ich glaube, Elektro ist so gar nicht ihr Style. Sie tanzt auch ziemlich schlecht, wenn ich ehrlich bin. Alexandra tanzt ziemlich gut, Familienkrankheit, so wie die Pupillen und die barocken Zahnwurzeln, die jeden Zahnarzt zur Verzweiflung bringen; unsere Zähne kann man einfach nicht ziehen. Irgendwie liege ich dann ne Stunde mit ausgebreiteten Gliedmaßen auf nem Lederkubus und beruhige alle zehn Minuten Leute, die fragen, obs mir gutgehe. Danach gehe ich raus vor die Tür und penne ne halbe Stunde zusammengekauert und hackedicht auf nem Vorsprung in der Wand. Mit viel Willen stehe ich auf, die Türsteher lassen mich sogar wieder rein. Wir gehen.

Ich bin viel zu dicht, wanke übelst rum, nehme auf der Warschauer Brücke sogar noch mal Bettys Hand. Aber die hat keinen Bock mehr, lässt bald los und sagt irgendwas Angenervtes. Fühlt sich an wien Déjà-vu, ich glaub eine Minute zuvor hat sich genau die gleiche Szene abgespielt. Erbärmlich. Ich ziehe die Notbremse und gehe nicht mehr mit zu Alexandra, sondern verabschiede mich abrupt und falle fast die Treppe zur U-Bahn-Station runter. Haben die beiden auch noch mitbekommen. Na ja klar, wenn, dann richtig. Die Ringbahn fährt bis genau einen Halt vor meiner Station, eigentlich könnte ich laufen, aber ohne Geld an den ganzen Puffs vorbeigehen: Das würde mir jetzt endgültig den Abend versauen. Schließlich bin ich im Bett. Wache noch ein paarmal auf und verfluche alles.

Was bleibt, ist der schale Nachgeschmack, dass das alles irgendwie keiner mehr lustig findet.

Die Kunst des Fallens

Eigentlich erwarte ich ja nichts mehr vom Leben. Das kommt vom ständigen Auf-die-Fresse-Fallen. Irgendwann will man gar nicht mehr aufstehen. Einfach nur liegen bleiben. Und am Besten nicht hochschauen.

Damit lebt es sich dann auch nicht so schlecht. Ist einem halt alles egal. Ich kann mittlerweile jeden meiner sogenannten Freunde wegdenken, ohne dass das eine Katastrophe wäre. Ich hab kein Geld und muss zwei Wochen lang von Billigfraß leben? Fress ich halt zwei Wochen nur Billigfraß. Deswegen gehe ich jetzt auch ohne mit der Wimper zu zucken für ein halbes Jahr nach Mexiko. Deswegen bin ich auch damals freiwillig elf Tage in den Knast gegangen, nur um 300 Euro Geldstrafe zu sparen. Weil es mir echt egal war, wo ich penne.

Aber dann kommen manchmal immer noch so Momente, in denen dieser Schutzschild der Gleichgültigkeit aufreißt und vereinzelte Hoffnungsschimmer hereinlässt. So ein bisschen Glück. So hell, dass es schmerzt. Z. B. wenn so geiles Wetter ist wie früher, als ich dann noch was anderes gemacht habe als die Jalousien runter. Oder wenn ich Hand in Hand mit so einem bezaubernden Geschöpf auf der Couch sitze wie letzten Freitag im Watergate. Dann frage ich mich, ob ich wirklich zum Verlieren geboren bin. Eine beschissene Scheißfrage, und wenn ich nicht mal wieder mein Portemonnaie verloren hätte, würde ich sie auf der Stelle mit einem halben Liter Wodka runterspülen.

Kaputt

Ich komme in die Arbeit, meine sogenannte Lieblingskollegin ist wieder da, ich betrete beinahe vorfreudig das Büro, und was sagt die Sau, besser schreit? »Hilfe, Hilfe, was hast du denn mit deinen Haaren gemacht?!«, und wechselt angeekelte Blicke mit der Fotzenkollegin. Also, wenn ich eins nicht abkann, dann verständnislose Kommentare über meine Frisur. Mein Gott, ich bin far from hetero, und in Party-Gear schaut das schon viel besser aus. Ich setze mich relativ konsterniert, schalte meinen Laptop an, was höre ich meine sogenannte Lieblingskollegin beim Checken ihrer E-Mail sagen? »Na super, schon wieder so eine schwule Geburtstagsparty.« Dann wundert sie sich, dass ich angepisst bin bzw. kein Wort mehr mit ihr wechsle. Mehr wechseln kann. Ich mache ne weitere Front auf, noch zwölf Tage in dem scheiß Konzern, ich muss mich mit niemandem mehr vertragen. Lade mir lieber Schwuchtelmucke von Christina Aguilera runter und höre sie mir dann mit Kopfhörern an. Meine Mutter schreibt, dass sie »ziemliche Diskussionen« mit meinem Vater hat. Das kann nur Stress bedeuten, und den hatten die beiden schon lange nicht mehr. Ich erledige extrem viel von der scheiß Standard-Arbeit, die ich schon viel zu lange mache. Mittagessen in den Nordischen Botschaften. Dann weiter, Christina und sauviel Arbeit, und alle paar Minuten kommen weitere Aufträge rein. Als ich mich nach zehn Stunden verabschieden will, da ich meinen Termin beim Photographen habe wegen Visum, hält mir mein Chef vor, ich sollte erst mal alles erledigen, ja, klar, ich kann schon gehen, aber eigentlich sollte ich erst alles erledigt haben. Egal. Chef hat eh einen an der Klatsche, heute so, morgen so.

Im Photostudio. Viel zu nette Assistentin. Mein Typ, glaube ich, aber egal, denn ich bin schüchtern wie ein Kleinkind. Sie reißt einen Witz nach dem anderen, photographiert mich, und ich sage gar nichts mehr, weil ich mal wieder überdeutlich merke, was für ein Spast ich bin. Als wir die Photos auswerten – »Setz dich ruhig her. Ich beiß nicht. Nur manchmal.« – und ich mein verkrampftes Deppengesicht auf dem Bildschirm sehe, ist es ganz vorbei. Das Mädchen (ich habe die Visitenkarte mit ihrem draufgekritzelten Namen in einem Anfall von Dramatik in den nächstbesten Mülleimer geschmissen) hat garantiert viel Sex, oder nein, viele Freunde oder Liebe und so, sonst wäre sie ja nicht so locker. Mit ihrer Chefin, Alt-Hippie in ihren Fünfzigern, rede ich mehr, mit Alten und Hunden kann ich irgendwie. Da hat man nichts zu gewinnen. Auf dem Heimweg heule ich fast. Hatte ich schon lange nicht mehr. Noch heute Mittag dachte ich mir: Wer heult, dem gehts eigentlich viel zu gut. Wer auf dem untersten Level der Desillusion lebt, der heult nicht mehr. Der hats schon hinter sich und erträgt alles. Auf jeden Fall besaufe ich mich, sobald ich heimkomme. Zu Hause calle ich meine Mutter. Sie kann grad nicht reden, ruft gleich noch mal an. Klingt ja übel. Aber die raufen sich schon wieder zusammen, denke ich. Keine Ahnung, was ich ihr gleich raten soll. Der Alk lässt mich mich noch schlechter fühlen, nicht mehr so traurig-warm, nur noch scheiße. Mehr trinke ich erst mal nicht, gleich kommt der Anruf. Ich liebe meine Mutter. Vielleicht einfach nur quatschen lassen. Wie ein Roboter schmiere ich Butter aufs Brot und lege Käse darauf. Dann stecke ich es in den Mund und kaue, bis es sich zerkleinert genug anfühlt, und schlucke, Bissen für Bissen.

Meine Mutter ruft an, aus der Garage, tränenerstickt. »Wir haben Diskussionen wegen dir.« Wie ein Schlag in die Magengrube. Mein Vater meint, ich würde nur wegen der Drogen nach Mexiko gehen. Und diesmal stimmt es einfach nicht. Egal wie cool ich hier tue: Klar, freue ich mich auf das Discountkoksen, ein schöner Nebeneffekt. Aber an allererster Stelle gehe ich dorthin wegen der Aufgabe, dort ganz alleine über die Runden kommen zu müssen. Das erste Mal so lange in einem fremden Land zu sein. Mein eigenes Projekt zu managen.

Ich gestehe ihm sein Misstrauen zu; mein ganzes Leben war von vorne bis hinten eine einzige Enttäuschung für ihn. Aber dass jetzt meine Mutter deswegen weinen muss, macht mich fertig. Als ich auflege, gehe ich in die Küche. Blute bald aus Arm und Brust. Zum ersten Mal seit über einem Jahr, zum ersten Mal, seit mein Vater den Koffer mit den Briefen weggeschmissen hat. Ich schaue in den Spiegel und bin nicht mehr als eine verheulte, alles kaputtmachende Tunte. Und blute noch mehr.

Verstrahlungen

Der Mittwoch, der so voller Selbstmitleid begonnen hatte, nahm dann noch eine heilsame Wendung zum Exzess. Denn passenderweise rief mich meine Cousine an, und kurz darauf saß ich mit ihr im ›Himmelreich‹, der Bar, in der ich vor zwei Wochen angeblich ein paar Tische umgeworfen und die Rechnung verweigert hatte. Aber niemand dort schien sich an mich zu erinnern, und ich erinnerte mich sowieso an nichts. Also saßen wir da, tranken Wodka mit Tomatensaft, Wodka mit RedBull und Wodka mit Wodka. Das ganze Elternproblem erschien schon sehr viel weiter entfernt. Am Ende gab es sogar noch einen WodkaBull umsonst, und kaum hatten wir nicht nachgedacht, saßen wir in einem Taxi gen Tresor. Im alten Tresor war der Mittwoch für gewöhnlich der beste Tag.

Kaum erreichen wir den Tresor, läuft alles ganz automatisch: Kurz anstehen, an den Türstehern vorbei, noch zwei Drinks holen, Drinks austrinken, Pep klarmachen, Pep ziehen, wahllos Leute auf noch mehr Pep einladen, noch mehr Pep ziehen, tanzen. Und, ach ja, Cousine suchen. Ich treffe nette Leute, ein schwules australisches Pärchen und deren Freundin, alle so Anfang zwanzig. Wir machen das zweite Päckchen Speed auf. Jemand schreibt mir eine ellenlange Postadresse auf den Unterarm. Diesmal ist es nicht ganz so schlimm wie letztes Mal. Trotzdem ein scheiß Club gegen das Berghain. Als Alexandra und ich um fünf gehen, bin ich schnitzeldrauf. In der Wohnung meiner Cousine trinken wir noch etwas Bier und Kaffee, und kaum hat sie sich schlafen gelegt, verziehe ich mich ins Bad, um mir einen runterzuholen. Speed halt. Und wie es eben bei Speed immer so ist, funktioniert es nicht wirklich. Nach einer halben Stunde im Liegen versuche ich es im Stehen. Mittlerweile kriege ich nicht mal mehr einen hoch, aber – Speed halt – meine ständig, jetzt gleich wird es. Tausendmal starte ich meine Phantasien von vorne, den Kopf gegen die geflieste Wand gelehnt, und als ich irgendwann aufgebe, ist es kurz vor neun. Ich bin bereits jetzt eine halbe Stunde zu spät zur Arbeit. Hektisch ziehe ich mich an und mache mich auf den Weg. In Bellevue steige ich aus der S-Bahn, erreiche die Siegessäule und umrunde sie eineinhalbmal, bis ich die richtige Abzweigung finde. Halb elf betrete ich durchgeschwitzt und amphetaminverkrampft die Firma. Stürme zum Zimmer meines Chefs und erkläre mit aufgerissenen Augen in anderthalb Sekunden, dass ich gestern weg war und irgendwie den Wecker nicht gehört hätte, dass es mir leidtue, dass ich dafür länger bleiben würde und dass ich jetzt mal schnell in mein Büro gehe. Knall, Tür zu.

Der Tag ist jedenfalls der Horror, und am Abend bin ich noch immer drauf, habe noch immer nichts gegessen und kann noch immer nicht schlafen. Freitag mit vier Stunden Schlaf im Rücken schon etwas besser.

Die krasse Woche

Meine letzte Arbeitswoche in Berlin vergeht ohne besondere Vorkommnisse; der vorletzte Tag, der letzte Tag, dann noch mal fein essen mit den Kollegen, dann Berghain. Wie bei allen Clubbesuchen, auf die man sich schon Monate im Voraus freut: ereignislos. Sieben Stunden Filmriss.

Am Mittag sitze ich mit Tarkan auf dem Sofa der Damen-Toilette. Tarkan ist jung, hübsch, gut gebaut. Nicht dumm, nicht klug. Eigentlich ist er mir ziemlich egal, wäre da nicht seine Zunge zwischen meinen Zähnen. Egal. Auf einmal ist Tarkan weg. Ich schaue auf meine Hose, und da ist ein großer Haufen Elektrolytpulver, der es wohl irgendwie nicht mehr bis ins Glas geschafft hat. Während ich mir das Zeug vom Schoß fege, meint jemand neben mir: »Hey, da in der Kabine wartet einer auf dich.« Ich blicke auf und sehe Tarkan ungeduldig in der Tür stehen. Ich stehe auf und gehe mit in die Kabine und frage mich, ob wir jetzt Sex haben oder was ziehen wollten. Kaum ist die Tür zu, küssen wir uns. Also doch. Ich knöpfe seine Hose auf, doch kaum habe ich seinen Schwanz im Mund, durchzuckt mich eine ernüchternde Klarheit. Wir ziehen Speed. Kurz darauf liege ich auf einmal im

Darkroom auf einer Schaukel, über mir Tarkan, meine Trompetenhosen in den Kniekehlen, die Beine angewinkelt, aber Tarkan hat abwechselnd kein Kondom oder keine Erektion. Ich lasse mich Ewigkeiten in den Mund ficken und gebe gegen Nachmittag auf. Als ich um 15 Uhr meinen bisherigen Feierrekord gebrochen habe, bin ich sogar zu schwach, um meine Feierhosen gegen normale Jeans zu tauschen. Wie der letzte Freak stolpere ich zum Taxi und lasse mich heimfahren. Die Paranoia mit den Öffentlichen gebe ich mir schon lange nicht mehr.

Ich schließe die Tür meines Apartments auf und habe zum ersten Mal seit Ewigkeiten keinen Laptop zu Hause nach dem Feiern. Das übliche erfolglose Wichsen zu hoch qualitativen Hardcore-Pornographica entfällt. Dafür die erste Nase Heroin seit Monaten, und ich muss feststellen, dass dies für mich den einzig sinnvollen Gebrauch von H darstellt: Seinen 140er-Feierpuls auf gesunde 90 runterzuregeln.

Der Rest der Woche vergeht mit Verdrängen. Ich bin konstant zu dicht, hoffe und vertraue auf Selbstreinigungsfunktionen, versage, rauche, Schnitt:

Ich sitze ziemlich bekifft in meinem Zimmer und warte auf die Ankunft von Dancemaster Don Casimir. Irgendwann in der nächsten halben Stunde muss sein Zug in Berlin ankommen. Ich trinke WodkaBull und bin froh, das Telefongespräch hinter mich gebracht zu haben. Das scheiß Telefongespräch.

Die ganze Woche hatte mein Chef versucht mich zu erreichen, probierte es per Handy, E-Mail und bei meinen Eltern, aber ständig war ich zu breit. Seit der Party letzte Woche rauchte ich einen Joint nach dem anderen. Jetzt also ist das Telefongespräch erledigt, und ich bereite mich mit Joints und WodkaBull auf Don Casimirs Ankunft vor.

Kurz nach Mitternacht passieren wir den Türsteher. Gleich und sofort treffen wir den Schatzmeister, kaufen Pillen. Ich chille noch zwanzig Minuten zusammengekauert in einer Ecke, dann ist es vorbei mit der Erinnerung. Ekstatische Zwischenwelten. Irgendwo ist auf einmal der Nette Fucker, wispert »Hoch potent!« und steckt mir ein Gramm Speed. »Wo ist Don Casimir?« Auf jeden Fall Mädchen überall. Ich entscheide mich heute für schwuchtliges Verhalten und ernte Frauen im Dutzend. Etwa die süße J-irgendwas; vor zwei Lines weißen Pulvers knien wir schwitzend am Klo, und sie meint: »Wie alt bist du?« Und ich: »Fünfundzwanzig« Und sie: »Fünfundzwanzig und zwanzig, das passt doch«, und dann liegen wir im Chillout, sie ganz nah und weich und weiblich und fremd, jedenfalls bin ich schon Sekunden später auf dem anderen Floor, da läuft gerade James Holden, und sone Ami-Tussi tanzt mich an, und ich bin sogar breit genug, um sie rankommen zu lassen, wir liegen, Techno und Hendrix: Ich brauche mehr Speed. Dann sitze ich neben einem anderen Ami-Mädchen, sie aus Boston und gepflegteste Aussprache: »So what kinda music do you like besides Techno«, imitiert sie mich, aber ich krächze nur: »Sorry, I'm too fucking stoned to talk to you.« Und wieder tanzen, rotzen und nebenbei noch zwei Teile. Plötzlich – nach Stunden – steht auf einmal Don Casimir vor mir, Umarmung und kurzes Dancegefecht. Ich soll ihm was aufstellen, kein Problem, meine Lieblingstranse ist am Start und verkauft auf der Toilette Pillen für vier. In irgendeiner Kabine ziehe ich ne Nase Speed, kaum draußen, gebe ich Don Casimir die

Teile, dann chille ich mich auf das Sofa in der Mädchentoilette. Chillen ist übertrieben. Vielmehr herrschen Hektik, Kauen, Laberflash. Längst habe ich die Sonnenbrille aus der Garderobe geholt, zu groß sind meine Pupillen. Nur Chicas auf dem Sofa, und die eine lehnt sich wie nebenbei an mich, als sie mir die Optik zeigt, das rote Fenster und da draußen das Industriegelände und ich nur: »Saukrass …« Als sie aufsteht, schweift mein Blick ganz natürlich ihr nacktes Bein hinauf, über ihren Minirock, über ihr Top und trifft oben ein hübsches, ein wenig zu braunes Gesicht, das fragt: »Bist du alleine hier?« Aber ich bin mit mindestens einer weiteren Gehirnhälfte da, und die verlangt nach Tanz – sofort. Auf dem Podest gelingt der Move am besten, auf den Punkt spüre ich die Breaks voraus, kann nur lachen, weil alles so gelingt, weil alle herschauen … weil ich der King bin. Großkotzig bekaue ich meinen Kaugummi und beschenke die Welt mit dem Move Gottes.

Aber langsam, sehr früh, lassen die Kräfte nach, und nirgendwo gibt es Speed. Etwa eine Stunde verbringe ich wohl mit Rumfragen, mit dem Angebot, die zwei Teile in meiner Hemdtasche gegen etwas Pep zu tauschen. Als es endlich wieder was gibt – klebrige weiße Masse in zusammengedrehten Plastikplomben –, ist es erst um sieben, und ich fühle mich bereits gefickt wie mittags um zwölf. Marc, jedes Mal im Berghain, so stylish und süß und unsagbar schwuchtlig und sophisticated zugleich, Marc jedenfalls lade ich dann auf eine Nase ein. Wir schließen uns in einer Kabine ein, um zu ziehen. Die Lampe geht nicht. Zuerst hacken wir das Speed direkt unter dem Türspalt klein, aber als sich das als zu kompliziert erweist, klettert Marc auf die Klobrille und macht die Lines an der Grenze zur Nachbartoilette zurecht. Er schüttet noch etwas MDMA-Pulver dazu, dann knien wir nebeneinander und ziehen alles weg. Draußen merke ich, dass ich nicht mehr tanzen kann. Zu viel oder zu wenig Drogen. Oder einfach nur am Ende. Reden kann ich auch nicht mehr, es gehen nur noch die ganz hohen und die ganz tiefen Frequenzen, das Resultat ist ein verschwindend leises Krächzen. Eine Etage höher in der Panoramabar. Ich bin gefickt und wach und verpeilt zugleich. Ein flüchtiger Blick in die Toiletten, da lehnt Bomec mit nem Spanier an der Wand, Mann bin ich geföhnt – ... Bomec?! Meine Fresse. Ich schlendere cool as cool can auf ihn zu und begrüße ihn mit Nachnamen. Bomec hält mitten im Satz inne, schaut nur und rutscht starrend und nichts sagend an der Wand herab. Ich helfe ihm vom Boden auf, erkläre meinen Zustand und dass der Nette Fucker ebenfalls hier sei. Bomec checkts wohl noch einigermaßen, wundert sich über mein Outfit und will sofort Teile, Pep, Coca und Ketamin. – »Aber zuallererst verlange ich, dass man mir sofort – sofort – den Netten Fucker vorstellt!« Erst mal an die Bar. »Und wie gehts dir sonst so?«, fragt Bomec. »Mir gehts richtig dreckig«, antworte ich. Die letzten Wochen waren krass, nothing but. Als er seinen Drink hat, führe ich ihn zu einem Sofa, dort liegt der Nette Fucker mit seiner Freundin, zeige kühl mit dem Zeigefinger auf ihn und krächze: »Das ist er.« Die beiden kennen sich dank Blog, aber irgendwie ist die ganze Situation zu drogengeschwängert, um auch nur einen Hauch von Empathie aufkommen zu lassen. Nur Minuten später bin ich mit Dancemaster Don Casimir im Taxi auf dem

Weg nach Schöneberg. Ich kann nicht fassen, dass wir schon um neun gegangen sind.

Kaum zu Hause, spüle ich eine fette Antibiotika-Pille runter. Dann sitze ich mit Don Casimir auf dem Sofa. Wir schauen Tier-Dokus und trinken Tequila aus der Flasche, ohne was zu merken. Der Puls rast. Ich entsinne mich der beiden Teile, die ich in der Brusttasche meines Hemdes verstaut hatte und die irgendwann zerbröselten. Also drehe ich jetzt die Tasche auf links und lasse einen beträchtlichen Haufen blauen Pulvers auf den Tisch rieseln. Don Casimir legt sich davon sofort zwei Lines und zieht das Zeug weg. Dann verabschiedet er sich auf einen Spaziergang. Bis 21 Uhr nochwas schaue ich Nonsens, dann klopft Don Casimir ans Fenster. Während der letzten Stunden hat er jeden Sexshop im Viertel abgeklappert und in einem Dönerladen ein Gramm schlechtes Koks gekauft. Ich krieg die Hälfte unter der Auflage, Don Casimir ins nächste Pornokino zu begleiten. Missmutig lege ich eine leere CD-Hülle auf den Tisch. Soll er aufstreuen. Von mir aus dann eben ins Pornokino.

Wir gehen zu *Paola's,* keine fünf Minuten von mir. Ich kann noch immer nicht reden. Im Vorraum, einem kleinen, mit Covern von Pornofilmen zugepflasterten Kabuff, sitzt eine alte Asiatin hinter einem niedrigen Tresen und kassiert 5 Euro pro Person. Die ganze Situation kotzt mich an. Ich bin leer wie die Flasche Tequila auf dem Tisch zu Hause. Durch eine Tür gelangen wir in den Vorführraum. An der Front eine Leinwand auf der zwei Tussen einem Typen einen blasen. Seitlich davor sitzen zwei abgehalfterte asiatische Nutten, die eine fett die andere dürr, beide alt. Davor erheben sich drei gepolsterte Sitzreihen. Jede bietet

Platz für zwei Personen, getrennt durch eine schwarze, hölzerne Wand. Don Casimir und ich sind die einzigen Gäste. Wir setzen uns in die erste Reihe.

Mittlerweile liegen die Darsteller auf einem Sofa. Der Typ fingert die eine Tussi, während die andere noch immer seinen Schwanz bläst. Ich bin unbeeindruckt. Als der Film vorbei ist, stehen die Nutten auf, kommen angetrippelt und säuseln: »Zimmer frei!« Ich winke gleich ab. Als ich das letzte Mal pissen wollte, musste ich erst minutenlang meine Eichel suchen, die sich irgendwo unter graubläulichen Vorhaut-Wüsten verkrochen hatte. Don Casimir will, dass wir einen Dreier schieben, aber der Gedanke verursacht nur Unwillen.

Da wir zu keinem Ergebnis kommen, bestellt Don Casimir erst mal ein Bier. Der zweite Film fährt an. Mir ist sterbenslangweilig. Von Zeit zu Zeit verhandelt Don Casimir mit der dicken Nutte. Auf eine blasende Pornodarstellerin zeigend fragt er: »Was kostet das?« – »60 Euro ohne Gummi. Halbe Stunde.« – »Und ganz normal?« – »20 Euro fünfzehn Minuten.« – »Und wenn er dabei ist?«, zeigt er auf mich. Ich winke sofort wieder ab. Die Nutten lachen. Zwei Bier und ein paar fruchtlose Verhandlungen später fährt der dritte Film an. Mittlerweile ist ein Türke eingetreten, der nach ein paar Minuten mit der Dürren hinter einem Vorhang verschwindet.

Die ganze Situation saugt mich aus. Ich habe seit vierzig Stunden nicht geschlafen, über einen Tag nichts gegessen, und mir ist gerade überhaupt nicht nach Sex, sorry. Nach dem dritten Film stehe ich auf und gehe. Die Nase Koks habe ich mir jetzt redlich verdient. Don Casimir schimpft hinterher, aber bleibt sitzen.

Als er eine Stunde später bei mir klingelt, hat er ein paar Bier mehr intus. Ficken hat er sich trotzdem nicht getraut.

Ich penne aus. Gegen Mittag ziehe ich zu Don Casimir aufs Sofa um. Von Zeit zu Zeit ringen wir uns einen gehässigen Kommentar ab zu dem Trash, der im TV läuft. Ich kann mittlerweile wieder reden, bin jetzt aber definitiv krank.

Am Abend besaufen wir uns relativ spontan mit Bloody Maries und WodkaCranberry. Dann natürlich Bock auf Party. Ich schlage vor, uns in irgendeine Bar in der Oranienstraße zu hauen. Als wir am Kottbusser Tor aussteigen, sind wir schon so besoffen, dass wir uns zwei Packs Heroin andrehen lassen.

Don Casimir hatte früher eine Zeitlang einen Junkie als Nachbarn, der ihm manchmal eine Nase China White ausgab. Eigentlich gefällt die Wirkung keinem von uns beiden. Aber besoffen kauft man einfach gerne Drogen.

Zunächst chillen wir uns in die Franken Bar, eine gemütliche, abgefuckte Rockerkneipe. Nachdem wir unser Bier bestellt haben, gehe ich als Erster runter auf die Toilette und ziehe ein Viertel von dem einen Pack weg. Dann geht Don Casimir und zieht die restlichen drei Viertel. Also geh ich noch mal runter und mach die Hälfte von dem zweiten Pack weg.

Wir sitzen aufgestützt vor unseren Pitchern.

Don Casimir: »Schee langsam macht sich da a g'wisse Wahrnehmungsveränderung bemerkbar.« – »Hmm.«

Mein Kopf sinkt in Zeitlupentempo gen Tisch. Kurz bevor meine Nase im Bier verschwindet, richte ich mich ruckartig wieder auf. Nun lässt Don Casimir den Kopf fallen. Wir müssen aussehen wie zwei texanische Ölpumpen. Mein Sack juckt. Wir gehen. Auf dem Weg nach Hause kotze ich einen Riesenstrahl auf den Bahnsteig.

Daheim legen wir uns sofort hin, ich ins Bett, Don Casimir aufs Sofa. Ich bin breit und alles juckt. Ab und an sehe ich Don Casimirs Bein im Gegenlicht der Straßenlaterne aus dem Bett ragen, dann kratzt er sich, dann verschwindet es wieder. So liegen wir bis in die frühen Morgenstunden wach, kratzen uns und gehen gelegentlich kotzen.

Meeting in der Firma. Das, wegen dem mein Chef die ganze letzte Woche gestresst hatte. Also aufstehen um acht, rein in Anzug und Krawatte und ab mit dem Bus nach Mitte. Komischerweise bin ich locker nach all den Exzessen. Meine Lieblingskollegin erwartet mich am Eingang, führt mich durch die Schleuse und am Drehkreuz vorbei und liefert mich in einem verglasten Besprechungsraum ab. Mein Ex-Chef, das dumme Schwein, wartet bereits. Eine Viertelstunde später kommt der Leiter Internationale Märkte, und wir sprechen das Mexiko-Projekt durch. Kein Problem. Die meisten Manager haben nicht mehr drauf als Ego-Spielchen und Anglizismen. Ich spiele mit.

Dann wieder heim zu Don Casimir. Sein letzter Tag in Berlin; wir sollten ein bisschen Sightseeing machen. Zuerst ziehen wir uns den Potsdamer Platz rein, dann das Brandenburger Tor, dann die Friedrichstraße, schließlich Tacheles. Ein besetztes Haus voll Ateliers und Kneipen. Im Garten kaufen wir Gras und Becks und chillen uns auf eine Holzterrasse. Das Gras flasht mich mal richtig gut, wir reden über Indien, das wir mit drei Jahren Abstand bereist haben und an das uns das bunte Hippie-Ambiente hier in der zugewucherten Anarcho-Oase mitten in Berlin erinnert. Die Sonne scheint, auf den anliegenden Bänken sitzen Rastas, Israelis, Bayern, alle rauchen Joints, und es ist das erste Mal seit langem, dass ich mich gut fühle, so bekifft und draußen. Natürlich treiben wirs auf die Spitze. So richtig. Sitzen kurz darauf mit Whisky pur in der Bar oben im Fernsehturm in zweihundert Metern Höhe und sehen nichts, weil Wolken aufgezogen sind. Nachts klappern wir die U-Bahnhöfe entlang der U8 vergeblich nach Koks ab.

Paranoia

Ich bin außer Atem. Jemand hat an der Tür geklingelt. Immer wenn es klingelt, gehe ich sofort in Deckung. Meist springe ich hinter die offene Schranktür. Von dort kann ich durch einen Spalt zwischen Scharnier und Tür aus dem Fenster spähen, ohne selber erkannt zu werden.

Es gibt nicht viele Menschen, die wissen, wo ich wohne. Und diese wenigen wohnen alle zu weit entfernt, als dass sie ohne Ankündigung vorbeikommen würden. Genaugenommen hatte ich in dem Jahr, seitdem ich hier eingezogen bin, genau siebenmal Besuch: 1 x den Netten Fucker (Rotwein und erhitzte Gespräche), 2 x Lucy (Sex und zähe Gespräche), 1 x Frank aus Franken (kiffen und Gitarre spielen), 1 x meine Eltern und letzte Woche Don Casimir. Ein weiteres Mal las ich Marcel, den Schnorrer, von der Straße auf und lud ihn auf ein paar Glas Portwein ein.

Wenn es also ohne Vorankündigung klingelt, können das nur die Bullen oder die Hausverwaltung sein. Und denen öffne ich lieber nicht, schon gar nicht, wenn ich bereits mittags um eins eine Fahne habe.

Diesmal passiert nichts. Ich sehe durch den Spalt ein paar Bauarbeiter ein und aus gehen. Wahrscheinlich auf die falsche Taste gekommen. Nach ein paar Minuten lege ich mich aufs Sofa, nehme wieder das stressige Buch von Gaddis zur Hand und nippe weiter an meiner Bloody Mary.

Berlin AB

Ein Vollrausch macht das Runterkommen halbwegs erträglich. Wie bei Purple Haze: »Don't know if I'm coming up or down.« Dabei Fernsehen, Society-Shit. Natürlich will ich nach Monaco. Bei mir ist das Wochenende das Gegenteil von Woche, so wie Himmel das Gegenteil von Hölle ist. Auf der Erde bin ich nur noch selten zu Besuch.

Tiefkühlkost und der »drop-another-day-Reflex«.

Scheiß drauf. 1–2–3–4–5–6-sieben Schluck: Auf, Heroin kaufen. Auf der Treppe nach unten: »Was mach ich da?« Auf den Stufen zur S-Bahn: null Komma 1–2–3–4–5–6-sieben Promille. Eine Frau um die dreißig, *auf der Suche,* ganz offensichtlich, ich sehs auf den ersten Blick. Vielleicht wäre Liebe die einzige friedliche Lösung für uns beide heute Nacht. Ich betrachte sie wie ein fremdes Land. In der Bahn. Heroin kaufen, weil mans kann, nicht weil mans muss. Ein Luxus, den man sich im Leben nur wenige Male gönnt. Dann schließlich am Kotti. Liebe, Frauen, Monaco: kilometerweit entfernt. Heute nur Kurzstrecke: Berlin A.

Die Connection ist schnell gemacht. Mit zwei

Halbjunkies zum Treffpunkt in der Mohrenstraße. Fast schon Alexanderplatz. Der eine, etwa mein Alter, wortkarg, sächsischer Akzent, ihm gehts hier ums Wesentliche. Zieht das Zeug lieber, als es zu rauchen. Meint: »Wenn man Heroin spritzt, muss man schon wirklich verzweifelt sein.« – »Sind wir nicht alle ein bisschen verzweifelt?« Der andere, schon gute vierzig, verheiratet, erzählt, dass das Dope von dem Typen saugut sei. Euphorie pur und so. Um Mitternacht kommt so ein Jamal in die Mohrenstraße, junger Araber, und verkauft mir fürn Fuffi ne Kugel Heroin und zwei Kugeln Koks. Spuckt sie direkt aus seinem Mund in die Hand.

Zu Hause dann ganz düstere Szenen. Wie das schwarz-braune Heroinöl die Alufolie herunterläuft und ich mit einem Röhrchen gierig den Dampf aufsauge. »Mehr, mehr, diesmal muss es doch flashen!« Später schreibe ich auf den Block: »Kannst du dir das vielleicht mal merken, dass dir das Zeug nicht gefällt?« Noch später verkrampftes Kotzen. Schon beim Anblick der Kloschüssel explodier ich. Und bin wach bis in den Morgen. Fang dann irgendwann an, das Koks nach einem irgendwo aufgeschnappten Rezept mit Bullrich-Salz zu freebasen. Mit Löffel und Feuerzeug und so. Ich brauch nur ne Steigerung.

Der einzige Film

Irgendwann am Montag komme ich zu mir und kann das alles nicht fassen. Jede Aktion für sich genommen: okay. Aber die letzten fünf Tage zusammen: Das war ein einziger Film.

Donnerstag. Am Nachmittag kommt meine Cousine, ein paar Sachen abholen. Ich stehe ja kurz vor dem Umzug nach Mexiko, ein Fakt, den ich mit aller Kraft zu verdrängen versuche. Aber auch eine gute Entschuldigung für so einige Eskapaden. Schließlich gibt es in Mexiko kein Ecstasy. Und bei Techno-Partys bin ich mir auch nicht so sicher. Also noch mal knallen wie Sau.

Ich packe den Scheiß ins Auto meiner Cousine, schwitze jetzt schon wie ein Affe und gebe mir vor der Abfahrt noch zwei Pipetten GHB. Im Auto nach Friedrichshain fang ich an, anstrengend zu werden. Drehe auf, hole aus, schweife ab. Vorm Eschloraque, dort, wo Ben Becker seinen letzten Drink vor dem finalen Breakdown nahm, ist meine Cousine schon ungehalten: »Kommst du jetzt mal wieder runter?«

Auf dem Heimweg, schon auf der Straße zur S-Bahn, bin ich so leer, dass es nur eine Konsequenz geben kann: Hasenheide, Gras kaufen. Ich gestalte meinen Drogenkonsum in letzter Zeit sehr verantwortungsvoll, indem ich versuche, eine gewisse Unregelmäßigkeit in der Substanzabfolge zu schaffen.

Donnerstagabend rauche ich die erste Tüte, garniert mit der ein oder anderen Pipette GHB. Eigentlich sind das für die nächsten Stunden die Fakten, denn den ganzen Freitag bis einschließlich Samstag früh erinnere ich mich an nichts außer an Fernsehen und Joints. Im Grunde nicht mal an das. THC vernichtet Zeit perfekt.

Samstagmittag komme ich zu mir, Samstagabend werde ich wach. Klar, sechsunddreißig Stunden gechillt, das kommt jetzt alles zurück. Partytime! Versuche Gott und die Welt zum Feiern zu überreden. Der Nette Fucker ist in Shanghai. Bomec in Belgrad. Frank aus Franken auf ner Privatparty. Cousine sagt zu und wieder ab. Ich setze ausnahmsweise auf Vernunft und versuche mich runterzubringen. Doch alle bewährten Methoden wie liegen, essen, wichsen, ja sogar Marathon-der-Damen-vom-Anfang-bis-zum-Ende-Schauen helfen nichts: Halb fünf bin ich noch immer auf Party geeicht. Noch sehr viel mehr Wodka und halb sechs endlich ins Berghain.

Ich kenne exakt zwei Leute in diesem Riesenladen, fünfzig Prozent davon nur flüchtig. Schon wieder diese breitmachenden Teile. Paar schlaffe Moves. Ich haue mich irgendwann in den Darkroom auf die Hängematte und penne da rum, bis mich zwei Hardcore-Glatzen verscheuchen. Ich siedle also um in so einen Kasten auf Hüfthöhe. Bin ganz gedämpft und verbringe die Zeit hauptsächlich mit zählen. Bei einem 140er Beat dauern zehn Minuten 1400 Schläge. Zwischendurch schiebe ich gierige Hände aus meinem Schritt. Keine Kraft zu nichts, lasse meinen Arm baumeln, direkt neben mir pumpt sich ein weißer Arsch in eine gebückte Lederhose, ich fasse ins Leere, ich habe eine kleine Flasche in der Hand. Nach einer kurzen chemischen Analyse befinde ich auf aliphatische Nitrite. Poppers. Ja dann mach ich mich doch mal ab. Riech noch zwei-, dreimal und bin um zehn am Ausgang.

Draußen, wieder Wetter, steht ein Bodo und begrüßt mich mit Namen und Berufsstand. Ja, irgendwie war da irgendwann mal irgendwas. Wir checken zum Ostbahnhof. Für mich die S-Bahn, er biket weiter. Ich steige in den Zug und das Erste, was ich sehe, ist so ein Jacken-Typ um die vierzig, der ganz hässlich ist und mich anstarrt. Ich bin verschwitzt, verpeilt, verstört und starre böse zurück. Dann such ich mir einen Sitzplatz. Nach einer Geruchssalve aus dem Poppers-Fläschchen blicke ich auf, und der Typ schaut noch immer total arglos her. Ich weiß mir nicht anders zu helfen, als wie ein Behinderter zurückzuwinken, nach dem Motto: Glotz nicht! Dann geschieht das Unglaubliche: Der Typ steht auf, kommt her und setzt sich direkt mir gegenüber ins Viererabteil: »Hallo, ich bin der Wolfgang!« Ich glaubs nicht: »Hi.« – »Wo kommstn du gerade her?« – »Ausm Berghain.« Anscheinend drehts mir gerade die Pupillen gen S-Bahn-Decke, denn der Typ lacht total schräg und fast beeindruckt: »Woa, hehe. Wo fährst du jetzt hin?« – »Nach Hause. Und ganz ehrlich: alleine.« Der Typ lacht schon wieder ganz komisch. In der Warschauer ist er weg.

Wieder zu Hause. Ich sagte es bereits: Gegens Runterkommen hilft nichts mehr als ein Vollrausch. Anscheinend trinke ich, kaum zu Hause, Sonntagmittag so, ne ganze Flasche Wodka weg. Verzweifeltes Gespräch mit Mademoiselle, die am Montag für ein Vorstellungsgespräch nach Berlin kommt und hier übernachten will. Also *morgen* schon, das krieg ich erst mal gar nicht so richtig rein, dass das schon morgen sein soll. Trotzdem: Gegen Ende der Flasche bin ich bereit für eine Reise zum Kottbusser Tor. Geht ganz schnell, zehnmal 10mg Valium und ein Kanten Hasch. Und wie das so ist bei einer guten Mischung Ecstasy und Alkohol, komme ich mit zwei Leuten ins Gespräch, jünger als ich, die gerade von derselben alten Frau Hasch gekauft haben. Er so ein verschüchterter Hippie, wir kennen uns von einer der letzten dreiundsiebzig Partys. Sie im Hellersdorfer Vorstadt-Style, Studiobräune, feuerroter Zopf, Camouflagejacke, aber nett.

In derselben U-Bahn. Schönleinstraße steige ich mit den beiden aus wie von selbst. Irgendwo noch einen kiffen. Erst sitzen wir drehend am Landwehrkanal, dann fliegt das Paper ins Wasser, und der Hippie muss hoch in die Wohnung, die Bong holen. Die Wohnung gehört dem Macker von der Tussi, und da der gerade nicht da ... – schon gut, okay, ist ja auch hier draußen ganz schön. Der Hippie kommt mit einem Glasschwanz zurück, in dem fünf Zentimeter Wasser stehen. Die Bong. Ich glaube wir kommen nicht mal dazu, den ersten Kopf zu rauchen, da jeanst der Macker den Kanal entlang: »Wat machtn ihr hier?« Kurze Erklärung - ... kennen sich von irgendwoher ... – »Ja, dann mal hoch, wa?« Wir müssen über den Hinterhof, weil der Macker Stress mit benachbarten befeindeten Türken hat: »Sonst loofen wa denen ja gleich in die Arme.« Erst gestern sei ein Stuhl geflogen.

Dann Flashback. Ich sitze jetzt also auf einem

saugemütlichen Sessel und habe eine mächtige Bong in der Hand. Davor so ein typischer Kiffertisch. Und natürlich Techno. Bald noch ein Türke, der drei prall gefüllte Beutel Gras mitbringt. Wir verstehen uns, ich meine hier läuft Techno, und zwar guter.

Aber die Gespräche lassen zu wünschen übrig. Doch eher eine allerdings sehr unaggressive Prollstimmung. Der Türke schwadroniert. Der Macker gibt recht. Die Tussi lehnt sich an den Macker. Der Hippie ist vollständig mit Valium zusediert. Ich schaue mich um und fühle mich wohl. »Das Unerträgliche erträglich machen«, denke ich, »darum geht es doch im Leben.«

Am Abend, als es schon sehr dunkel ist, sitze ich wieder in meiner Wohnung. Die Typen kamen mir dann auf einmal doch ein wenig suspekt vor, wie sie so schräg hinter dem Display standen beim Geldabheben. Dann Valium, Hasch, Schlaf.

Zwischenstand: GHB-Exkurs, Kiff-Exzess, Party-Einlauf, Alkohol-Absturz und dann nach einer mittleren Valium-Session aufwachen. Das fühlt sich *extrem* scheiße an. Wir schreiben Montagmittag, und Mademoiselle ist in wenigen Stunden hier.

Unser Verhältnis ist schnell skizziert. Oder, man muss einfach ehrlich sein und damit anfangen, dass Mademoiselle bestimmt doppelt so viel auf den Rippen hat, wie ihr guttäte. Sie jedenfalls wortbegabt, überemotional, *anstrengend*. Wir hatten vor nem guten Jahr mal ne sexuelle Liaison, als sie arbeitslos in Berlin vor sich hinslackte und ich mich in meinem Studiumsabfuck nur nach Nähe sehnte und nach Sex natürlich, immer. Das lief ganz gut, bis sie sich verliebte und mir alles zu viel wurde. Sie ging dann nach

Fuerteventura, glaube ich. Seit damals schreiben wir uns unregelmäßig Mails, in denen wir uns vorwerfen, wie scheiße wir das Verhalten des jeweils anderen beim jeweils letzten Gespräch fanden. Dann wieder Entschuldigungen. Dann wieder Vorwürfe. Dann schicke ich ihr kommentarlos ein Foto mit der Bildunterschrift: »Trampeltier seitlich trabend«. Und so weiter …

Wenn sie heute Abend kommt, werden wir ficken. Mir gehts saudreckig. Ich quäle mich aus dem Bett und gehe duschen. Pflichtbewusst entledige ich mich sämtlicher Schamhaare; ich weiß, dass Mademoiselle darauf steht, und mir gefällts ja auch, rein optisch, aber dieses ständige Jucken.

Nächster Punkt: Kondome aufstellen. Wir haben bereits kurz vor acht, es hat also nur noch der Lidl auf. Aus irgendeinem Grund gibt es bei Lidl keine Kondome mehr. Aus wahrscheinlich demselben Grund gibt es auch beim nächsten Lidl keine. Ich stehe also ziemlich ratlos auf der Straße. Dann der Geistesblitz in Form eines roten Lämpchens über der *24 h Filmbar.* Ich wohne ja praktisch im Rotlichtviertel. Ich klingle und begrüße die Runde: ein Abkassierer, fünf Nutten. Von einer kaufe ich vier Kondome für 5 Euro. Man wünscht viel Spaß.

Bis Mademoiselle da ist, habe ich schon wieder gut Pegel, ich meine, wie soll ich ihr denn gegenübertreten: als totales Wrack?!

Mademoiselle klingelt und – sie hat etwas abgenommen – tapert rein. Sie schafft es nicht mal bis zum Sofa, ohne zu mäkeln. Ich setze mich neben sie und zünde mir eine Zigarette an. Mademoiselle steht auf, schiebt den Gummiball demonstrativ in die gegenüberliegende Zimmerecke und drückt ihn platt. Sie fragt, wies mir so geht, in Erwartung der Gegenfrage. Hab jetzt keinen Bock, darüber zu reden. Ich frage, ob wir ficken wollen. Mademoiselle im entschlossensten, beinahe entsetzten Tonfall: »Nein! Natürlich nicht!«

Als ich gekommen bin, stehe ich auf, zieh mich an und geh in die Küche, einen Drink nachschenken. Ich fühle mich so leer wie nach jedem Fick, für den ich nicht bezahlt habe. Ich weiß schon, das kommt jetzt voll übel, aber: »Ich fahr noch mal Gras holen.« Totale Arschlochaktion.

In der U-Bahn werde ich langsam breit. Hermannplatz. Schönleinstraße. Kottbusser Tor. Bitte aussteigen. In dem unterirdischen Platz vor dem längst geschlossenen Kiosk: kein Schwein. Paar Passanten. Man kann das sofort erkennen, wer wegen Drogen da ist. Am Blick, am Schritttempo und natürlich an der Fertigkeit. Ich steige die Treppen hoch ins Freie. Ein Mulatte steht dort, und vor dem Nordausgang vom Kottbusser Tor stehen heißt: Drogen. »Hasch«, sagt der Typ. »Haben oder wollen?«, frage ich. »Brauchst du.« Der Mulatte hat das Zeug nicht da, das finde ich sogar in meinem Halbsuff schon mal befremdlich. Er muss kurz holen gehen. Ich verlange ein Pfand – Regel ist Regel – und bekomme sein Nokia und er 20 Euro. Ich denke okay und zünde mir ne Zigarette an. Der Typ geht die Skalitzer hoch, hundert Meter vielleicht, ich bin auch dicht und seh das nicht so genau, dann kommt er zurück. Wieder bei mir: »Okay, gib mir mein Handy.« – »Gib mir erst mal mein Hasch.« – »Ey, gib mir mein Handy, Alter«, ruft er, im breitesten Berliner Oder-ich-mach-dich-platt-Slang. Ganz klar, was hier läuft. Ich renne los. Hundert Meter bis zum U-Bahn-Eingang. Ohne mich umzudrehen die Treppe runter. Rechts, dann noch mal die Treppe runter. Out of service. Verdammt – ich nehme den Weg über die Schienen, die nächsten vier Stunden wird hier kein Zug durchkommen. Keine fünfzig Meter tief im Tunnel: Gleisbauarbeiten. »Hey!«, »Was macht'n der da?«, »Hallo! Sie da!« Shit. So ein oranges Männchen führt mich wieder nach draußen, egal wie sehr ich beteure, dass mich dort der sichere Tod erwartet. Draußen: weit und breit kein Mulatte. Ich lauf noch zum Hermannplatz, aber da kann mans um die Uhrzeit eh vergessen. Also Taxi und heim. Mademoiselle schnarcht. Ich rauche noch vier Jointstummel, der Größe nach, und penne ein. Als ich aufwache, hat Mademoiselle bereits ihr Vorstellungsgespräch. Ich sitze rauchend vorm Fenster und setze alles zusammen. Geht irgendwie nicht. Ein einziger Film.

Speedficken

Seit ich am Montag Gras gesucht und Speed gefunden hatte, konnte ich meinen Körper gerade einmal für vier verschwitzte Stunden ins Bett zwingen. Ein brutaler Zwischenfall jedenfalls. Drei Leute habe ich gestern vor der Tür stehen lassen müssen, weil es absolut unmöglich war, ihnen die Wohnung vorzuführen, in der vierzigsten Wachstunde, einen Schweißtropfen am Kinn.

Eigentlich wollte ich ja nur ein kleines Näschen ausprobieren, zum Auschecken, nur so sicherheitshalber zu Informationszwecken. *Sau*gutes Speed. Dieser charakteristische chlorige Apfelgeruch. Aber eine Line gab die andere, und gegen zwei befand ich, dass es höchste Zeit sei, mal wieder zu schauen, was es Neues im Puff gibt. Diesmal wollte ich es zelebrieren. Also Haarshampoo, Haarkur, Peeling. Komplett einseifen mit creme douche. Dann noch mal den ganzen Körper komplett nachrasieren. Auch den feinen Haarkranz um die Brustwarzen, die danach bluteten. Zuletzt Haarwachs und Gaultier. Schickes Shirt. Noch ne Nase. Los.

Zur Bank rannte ich noch gemütlich, bis zur Hauptstraße zwang ich mich zu joggen, und die letzten

Meter verfiel ich angestrengt in Passantentempo. Ich klingelte und fiel durch die Tür und fast auf die erste Nutte drauf, hatte die Lage aber vollkommen unter Kontrolle: »Eine Sprite bitte!«

Auf dem Sofa zündete ich mir die extra zu diesem Zweck vorgedrehte Zigarette an und checkte die Lage. Vier Mädchen an der Bar. Eigentlich alle ganz hübsch. Die *Herz-Dame-Bar* ist schon ganz okay und die halbe Stunde kostet da nur 10 Euro mehr als in dem abgefuckten Chinesenbordell um die Ecke. Keine Ahnung, warum ich später noch unbedingt *dorthin* musste.

Ich winkte eine kleine Schwarzhaarige heran. Schon sehr schön, aus Russland. Sofort packte ich mein gesamtes Russisch aus: »Bledj, hui, jablonka«. Nutte, Schwanz, Apfel. Damit sollten wir recht weit kommen, dachte ich.

Das Mädchen war sehr hübsch und hatte die schönste Muschi, die ich je gesehen habe. Mit zwei sich nur ganz leicht erhebenden Schamlippenhügelchen. Der Act lief auch ganz gut, die Nutte war am Ende schon ganz heiser vom Mitstöhnen. Nur dass sie die letzten fünf Minuten mit SMS-Checken verbrachte, fand ich eine Frechheit, irgendwie. Jedenfalls ging ich da raus und hatte ein großes Problem: Ich war kein bisschen befriedigt. Also ging ich straight ins *Paola's* und buchte sone Jamaikanerin, Angelina glaube ich. Die hatte schon eine sehr viel verwinkeltere Muschi. Aber auch sehr geil. Ich nahm sie von hinten und während ich zusah, wie sich mein Schwanz in ihren drallen, schwarzen Arsch bohrte, bekam ich einen mittleren Laberflash: »When have you been to Jamaika the last time?« Pump – pump »Is it true that all black guys have big dicks?« Pump »Did you know that some guy from Jamaika did a new world record in 100 meters?« Angelina verstand falsch und fragte: »Do you wanna change the position?« Ja, klar, egal. Am Morgen war jedenfalls das ganze Pep weg.

Seitdem, ich muss mich kurz fassen, in zwölf Stunden geht mein Flieger, und ich muss noch packen und putzen etc., jedenfalls noch ein paar Abschiedsabstürze. Am Donnerstag lag ich mit einem von und zu stockbesoffen auf einem Autodach in Kreuzberg und redete über Titandioxid. Gestern noch mal ganz krasse Sauftour mit Frank aus Franken: Astro Bar, Himmelreich, bei meiner Cousine, Cassiopeia und ganz zum Schluss der Duncker. Dabei immer diesen bescheuerten riesengroßen roten Rollkoffer in der einen Hand und das Poppersfläschchen in der anderen. Im Duncker dann schon wirklich Hacke, wie eigentlich schon lange nicht mehr und zu Janis Joplin und Jefferson Airplane getanzt, Poppers getrunken und am Jägermeister gerochen. Schließlich rausgeflogen, da anderer Leute Getränke leergetrunken. Die eine von der Garderobe wollte sogar einen Krankenwagen holen. Dabei fühlte ich mich pudelwohl. Zu guter Letzt in dem Laden auch noch den Koffer stehen lassen. Hab ihn grad geholt.

Nachwort

Der Club der virtuellen Dichter von BOMEC

Wenn ich Airen treffe, kommt es mir jedes Mal so vor, als habe ich eine Verabredung mit dem Ich-Erzähler eines surrealen Fortsetzungsromans. Ich habe ihn über seine Geschichten kennengelernt. Über seine Blog-Texte, die ich seit mehreren Jahren lese. Er ist mir vertraut durch seine Erzählsprache, durch die besondere Perspektive, in der er seine Erlebnis- und Gedankenwelt darstellt. Er ist mir vertraut, weil er genauso spricht, wie er schreibt, weil ich die atemlose, rasend schnelle Erzählweise, mit der er in Wirklichkeit spricht, schon aus seinen Texten kenne. Airen ist in gewisser Weise wirklich so, wie er schreibt. Authentisch. Gnadenlos ehrlich. Widersprüchlich. Zerrissen. Fordernd. Er ist einer der intelligentesten und zugleich einer der sensibelsten Menschen, denen ich jemals begegnet bin. Er begeistert mich. Und gleichzeitig macht er mir Angst.

Wir haben uns eine Handvoll Mal getroffen, bislang immer in Berlin. Jedes Mal kommt es mir so vor, als würden wir beide dann zu Akteuren einer Geschichte, die in Echtzeit von uns selbst geschrieben wird. Die Grenze zwischen Wirklichkeit und Fiktion verschwimmt mit ihm. Wir sind Airen und Bomec, zwei Antihelden, die auf der Suche nach besonderen Erlebnissen ziellos durch eine krasse Welt taumeln. Zwei Clowns, die Augenblicke sammeln. Und die Welt gibt uns bizarre Augenblicke. Wir brauchen nur mitzuschreiben. Wir schreiben unsere Geschichten. Wir lesen unsere Geschichten. Wir sind Teil eines Handlungsstrangs, der bisweilen in die Fiktion abgleitet. Ganz schön schizophren das Ganze. Mit Airen ist es nicht klar, ob das, was geschieht, nur geschieht, weil es später Teil einer Geschichte sein wird. Oder andersherum gesagt, ob die Geschichten, in denen wir unsere Erlebnisse verarbeiten, in gewisser Weise das vorausbestimmen, was geschehen wird.

Unser Treffen im Berghain vor anderthalb Jahren. Wir begegnen uns zum ersten Mal außerhalb der virtuellen Realität. Wir sitzen im Darkroom auf dem Boden, beide völlig zugeknallt. Technomusik, Fickgeräusche. Ein seltsamer, hyperaktiver Junge in Trompetenhosen und hohen Buffalo-Turnschuhen kauert da neben mir im Zwielicht, drückt seinen Mund ganz nah an mein Ohr und zitiert in rasender Geschwindigkeit ganze Passagen aus Texten, die ich geschrieben habe. Er kennt meine Geschichten auswendig. Er erinnert sich besser als ich selbst an meine Vergangenheit. Und auch ich habe das Gefühl, ihn schon lange zu kennen. Wir unterhalten uns wie zwei alte Freunde über unsere Erlebnisse der vergangenen zwei Jahre. Was gibt's Neues vom Netten Fucker? Hast du Sebastian mal wiedergesehen? Und so weiter.

Eine andere Begegnung, schemenhaft nur meine Erinnerung an diese Nacht, aber gestochen scharf das Bild von Airen, wie er seitwärts durch die dunklen Gänge vor den Toiletten des Berghain schwebt und dabei mit klarer, lauter Stimme Morgenstern rezitiert, das Gedicht vom Butterbrotpapier, das vom Wind und vom Versmaß durch die Welt geblasen wird. Es scheint, als spreche Airen von sich selbst, als sei er selbst das verwehte Butterbrotpapier von Morgenstern, so eindringlich, so fanatisch, so schön rezitiert er und sieht dabei irgendwie ganz traurig aus, ist selbst ein flatterndes Butterbrotpapier, das jetzt noch ganz lebendig in der nach Poppers und Scheiße stinkenden Luft schwebt, aber das jeden Moment abzustürzen droht und dann unweigerlich untergehen wird in den Pisslachen vor den Kloschüsseln des Berghain.

Das Treffen in Schöneberg, irgendwann im letzten Winter. Ohne mich zu erkennen, schießt Airen durch den Eingang des S-Bahnhofs am Nollendorfplatz. Ein rastlos tänzelnder Atreju, der gerade eben noch auf der Suche nach dem Auryn durch die Schneeflocken im Himmel über Berlin gejagt ist, der seinen Glücksdrachen im Halteverbot vor dem Sexshop an der Ecke geparkt hat, um mich hier abzuholen. Wassertropfen rinnen seine Wangen hinab, mit zitternder Hand streicht er schneenasse Haarsträhnen aus der Stirn, fummelt fahrig ein Päckchen Kippen aus der Tasche seiner dünnen Trainingsjacke. »Ey, Bomec, oberkrass Alter, hab dich gar nicht erkannt, hast du Feuer?«, begrüßt er mich. Seine Stimme ist klar und ziemlich hoch, mindestens Tenor. Er spricht im Proleten-Slang und so rasend schnell, als würde man den Text von Mark Renton auf Speed bei seinem Jobinterview aus »Trainspotting« mit doppelter Geschwindigkeit abspielen. Im Neonlicht wirken seine Pupillen groß und rund wie Lakritzschnecken; es scheint, als würden die Pupillen über den Rand der Iris hinauswachsen, um die eigene Achse rotieren und dabei feuchtschwarze Funken sprühen. Ich habe solche Pupillen noch nie gesehen. Dazu sein blasses, sanftes Jungengesicht. »Was hast du dir denn eingefahren?«, frage ich. »Gar nichts, Alter«, sagt er, »meine Pupillen sind so groß, waren sie schon immer, Mann, hatte deswegen schon früher immer Stress mit den Bullen. Im Mittelalter oder so war das doch voll schick, Alter, da haben die Frauen Tollkirschen gefressen, nur damit sie so große Pupillen bekommen wie ich, deswegen heißt das Zeug auch Belladonna, schöne Frau, wegen der Pupillen, Mann, brauch ich alles nicht, Alter, hab ich von Natur aus.« Wie aus dem Nichts fällt plötzlich eine Taube aus dem Winterhimmel, flattert über seinem Kopf, setzt sich auf Airens Schulter und bleibt dort sitzen, eine halbe Stunde lang, während wir weiter durchs Schneegestöber irren auf der Suche nach irgendeiner Bar, um uns zu betrinken. Es sind Momente wie dieser, in dem ich das Gefühl habe, dass ich dabei bin, mit Airen in eine fiktive Welt abzugleiten, die wir uns selbst erschreiben. Das Tor zum nächsten Exzess ist wieder weit aufgerissen. Alles ist möglich. Schwierig, das in Worte zu fassen. Ich hab's mehrmals versucht, aber immer wieder verworfen. Wenn ich mich mit Airen treffe, mache ich mir im Vorfeld immer Sorgen, wie der Abend enden wird. Die Eigendynamik ist nicht vorhersehbar und nicht kontrollierbar.

Jetzt also Mexico City. Als wir uns an der Metrostation Insurgentes treffen, sind wir beide noch nüchtern. Wenig später schon sitzen wir in einer Bar in der Zona Rosa und kippen Wodka Tonic, erzählen uns die Episoden der vergangenen Monate, die Erlebnisse aus Südamerika. Wir reden über die Blogger, die wir beide lesen: 500 Beine, Viertel-Ab-Handgelenk, Glamourdick, Superignorant und wie sie alle heißen. Wieder habe ich das Gefühl, als vermische sich die reale mit der virtuellen Realität. Wir reden über fremde Menschen wie über alte Freunde, benutzen ihre Nicknames wie Vornamen, sprechen uns gegenseitig mit unseren Nicknames an, Airen und Bomec. Es ist, als sitzen die Blogger, die wir beide nur durch ihre Texte kennen, mit uns am Tisch. Ein bisschen ist es wie im Film »Der Club der toten Dichter«. Aber wir sind nicht tot. Wir treffen uns nicht in einer Höhle, sondern in den Darkrooms von Schwulendiscotheken, lesen uns nicht die Werke klassischer Autoren vor, sondern sprechen über die Texte verschiedener Blogger. Schon eher »Der Club der virtuellen Dichter« – aber auch das ist zu hoch gegriffen. Im Endeffekt fallen wir doch nur durch irgendwelche CLUBS, sind dabei meistens ziemlich DICHT und irgendwann wahrscheinlich auch TOT. Bis dahin füttern wir unser virtuelles Alter Ego mit neuen Anekdoten und unterhalten uns über Menschen, die ebenfalls ihre Erlebnisse zu Geschichten verarbeiten und die wir deswegen zu kennen glauben, so wie wir uns selbst zu kennen glauben.

Irgendwann lange nach Mitternacht lehne ich schwankend an einem grün-weißen Käfertaxi vor einem schwulen Nachtclub und pinkele an eine Palme. Neben mir Airen, in seinem zerknitterten, schlecht sitzenden Nadelstreifenanzug. Mitten auf der Straße steht er, tänzelt auf der Stelle, ignoriert die hupenden Taxen und die mexikanischen Prostituierten in seinem Rücken und sieht ganz genau so aus, wie man ihn sich vorstellt, wenn man eine seiner Geschichten liest. Mit seiner hohen und seltsam zarten Stimme redet er auf mich ein. »Ich werde nichts schreiben über heute. Na ja, vielleicht ein oder zwei Sätze. Jedenfalls keine Geschichte. Es ist ja nichts Krasses passiert. Und du, Alter?« Ein junger Mexikaner läuft vorbei, starrt mir ungeniert auf den Schwanz, bleibt grinsend vor uns stehen, lehnt sich an eine Hauswand gegenüber und fummelt sich im Schritt rum. Während ich den Jungen beobachte, suche ich nach Worten, um sein Outfit zu beschreiben. »Keine Ahnung, ob ich was schreibe«, antworte ich und knöpfe schnell meine Hose zu. »Mal sehen. Lass uns reingehen, Airen, und noch nen Wodka trinken.«

»DIESER ROMAN BESCHREIBT DIE SCHATTENWELT SO PRÄZISE WIE VOR IHM NUR RAINALD GÖTZ.«
Der Spiegel
AIREN
I AM
AIREN
MAN
ROMAN
Blumenbar
AIREN . I AM AIREN MAN . ROMAN
176 SEITEN, GEBUNDEN, 17,90 EUR
ISBN 978-3-936738-85-8
www.blumenbar.de

Charlotte Roche

Feuchtgebiete

Roman

ISBN 978-3-548-28040-0
www.ullstein-buchverlage.de

Nach einer missglückten Intimrasur liegt die 18-jährige Helen auf der Inneren Abteilung von Maria Hilf. Dort widmet sie sich jenen Bereichen ihres Körpers, die gewöhnlich als unmädchenhaft gelten.
Kaum ein Buch hat in den letzten Jahren so viel Aufsehen erregt wie dieses. Es wurde verrissen, missverstanden, in den Himmel gelobt und als Befreiungsschlag gefeiert. Es hat eine Debatte ausgelöst und wurde auf die Bühne gebracht: eine einzigartige Erfolgsgeschichte!

»Ein Schmuddelbuch« *Bild*

»Ein kluger Roman« *FAZ*

»Es ist ein Buch, das polarisiert. Das viele genial und manche einfach nur eklig finden.« *Die Zeit*

UB531

ullstein

Zoran Drvenkar

Sorry

Thriller

ISBN 978-3-548-28183-4
www.ullstein-buchverlage.de

Die fetten Jahre sind vorbei. Eine gute Geschäftsidee ist gefragt. Frauke, Tamara, Kris und Wolf, vier junge Berliner, stört, dass sich niemand mehr für nichts verantwortlich fühlt. Sie setzen auf die heilsame Kraft eines einfachen »Sorry« und gründen eine »Agentur für Entschuldigungen«. Erstaunt stellen sie fest, dass die Resonanz überwältigend ist. Bis Kris eines Tages am vereinbarten Treffpunkt nicht den Klienten, sondern eine brutal zugerichtete Leiche findet. Und den Auftrag, sich bei ihr zu entschuldigen. Die vier lassen sich auf ein gefährliches Spiel mit dem Mörder ein, das immer perfider und grausamer wird.

»Ein spannendes, mit drastischen Gewaltakten ausstaffiertes Szenario, das die Täter- und Opferrollen in Frage stellt.« *Der Spiegel*